Mühlenbach – Eine Jugendheimgeschichte

BODO KRÜGER

MÜHLENBACH - EINE JUGENDHEIMGESCHICHTE

Erinnerungen eines Zöglings

Bibliografische Information der Deutschen Nationalbibliothek: Die Deutsche Nationalbibliothek
verzeichnet diese Publikation in der Deutschen
Nationalbibliografie: detaillierte bibliografische
Daten sind im Internet über www.dnb.de abruf-
bar.

Coverfoto: Bodo Krüger
Herstellung und Verlag
BoD – Books on Demand, Norderstedt

ISBN 978-3-7481-9270-1

Für Hanne

Inhalt

Ankunft und Heimerfahrung

Der schwarze VW-Käfer biegt an der Kreuzung ab. Das Auto ist voll besetzt. Vorn sitzen zwei wortkarge Beamte. Sie befördern mit den Zöglingen gleichzeitig die interne Post zu den Heimen. Hinten hocken kleinlaut vier Gestalten, wie Hühner auf der Stange. Sie sollen auf amtlichen Beschluss aus einer nicht funktionierenden Familie in eine förderliche Heimgemeinschaft verpflanzt werden.

„Mühlenbach" steht auf dem Ortsschild. Die beiden grauen Begleiter, denen nur noch die Zylinder fehlen, um für Mitarbeiter einer Beerdigungsfirma durchzugehen, fahren mit uns an dem Namensgeber dieses Dorfes vorbei. „Da, der Mühlenbach", knurrt der am Lenkrad. Wir passieren einen Gebäuderest, der zur Ruine einer Wassermühle gehört. „Der Mühlenbach hatte früher mehr Wasser. Um ihn ranken sich Geschichten. Davon werdet ihr was hören, wenn ihr Heimatkunde habt", sagt der etwas jünger als sein Kollege aussehende Beifahrer. Auf einmal wird sein Tonfall feierlich:

„Am Mühlenbach, am Mühlenbach,
da raunen Stimmen in der Nacht.
Sie können nun nicht schweigen mehr,
das Leben war doch arg zu schwer."

„Seltsam", denke ich, „will der uns Angst machen?" Doch dann blickt er sich freundlich zu uns um und sagt ganz normal: „Das Mühlenbacher

Heim ist das beste, das es im Umkreis der großen Stadt gibt. Es liegt am Rande eines Waldes und hat einen, wie verwunschen aussehenden Dornröschen-Park, wo ihr gut spielen könnt."

Gemächlich fahren wir auf das Schloss zu. Den Mittelpunkt des Marktplatzes, der an der anderen Seite vor einem teilweise verfallenen Torbogen sein Ende findet. Die ganze Anlage ist wohl früher einmal ein Gut gewesen. In einigen der etwas heruntergekommenen Häuser, die den Platz eingrenzen, sind kleine Läden untergebracht. Ein Milchmann, ein Gemüsehändler, ein Schlachter. Außerdem haust im Torbogenrest ein Kolonialwarenhändler. Sein hölzernes Ladenschild erinnert an einen Drugstore im Wildwestfilm. Sogar ein Hotel mit Restaurant wartet wohl schon länger auf Gäste. Die aber, wenn sie sich aus der näheren Umgebung zu diesem dörflichen Flecken hin verirren, sich doch lieber ein paar Schritte weiter vor dem einarmigen Banditen im Dorfkrug einfinden, um dort ihre Groschen für das nächste Bierchen zu vermehren.

Es ist ungefähr neun. Das weiß ich, weil ich die Zeit bald darauf von der großen Uhr im Treppenhaus des Gutshauses ablesen werde. Stolz, dass ich das wenigstens schon kann. In diesem alten Gemäuer, das mit seinem größeren und den zwei kleineren Türmen wirklich wie ein Dornröschen-Schloss aussieht, und damit auch was Anziehendes für uns hat, ist das Jugendheim untergebracht.

Gerda, Erwin, Willy und ich. Wir vier sind die Neuzugänge. Die wohl auch schon erwartet werden. Als Begrüßungskomitee stehen allerdings nur die Putzfrauen vor der Tür und begutachten uns von Weitem, ohne ein Wort zu sagen. Sie beobachten uns aufmerksam, indem sie sich auf ihre Besen und Schrubber stützen, und dabei gleichzeitig ein wenig von der Arbeit ausruhen. Dass überhaupt jemand uns beachtet, nimmt mir etwas die Spannung. Es sind dicke, gutmütig aussehende Frauen aus dem Ort, die sich im Heim mit Saubermachen ein Zubrot verdienen. Wir sind für sie beachtenswert, weil sie uns für bemitleidenswert halten. Kinder, um die sich die Eltern nicht kümmern, und die deshalb auf die schiefe Bahn geraten sind. Bedauernswert und weit entfernt von den eigenen Vorstellungen von richtig und falsch, die in einer überschaubaren Welt mit kleinen Gärten und gradgeschnittenen Hecken sich gebildet haben.

Ich sage: „Guten Morgen!", mit meiner damals schon ziemlich kräftigen Stimme. Grüße, weil ich möchte, dass jemand mir antwortet. Mich und uns freundlich willkommen heißt. Ich will kein unmündiges Kind sein, das man nicht ernst nimmt. Ich bin doch jemand, der schon seinen Eltern geholfen hat, damit sie im Leben zurechtkommen. Ich habe die Frachtpapiere zum Schleusenmeister gebracht.

Unser Schiff festgemacht und seine Maschine gewissenhaft alle vier Stunden geschmiert, damit es gut fahren kann. Trotz meiner dreizehn Jahre. Aber mein Gruß wird nicht erwidert. Man weiß nicht, was für welche wir sind und sagt lieber gar nichts. Setzt sich besser wieder in Bewegung und geht an die Arbeit.

Eine Frau mit weißer Schürze und rotbraunen Haaren empfängt uns als erster redender Mensch. Aber sie hat einen Anstaltston, spricht in Befehlen, herrisch und rau. Das ist die Erzieherin Fräulein Zweigner, später Frau Zweigner. „Erwin, Willy und Bodo…" (Gerda ist von einer anderen Erzieherin zur Mädchengruppe gebracht worden.) Sie sagt Bo-do. Es klingt übertrieben lang und für mich ungewohnt. Später sagt sie oft „der Bodo", so wie Vater „der Junge" gesagt hat. Wie man eben auch „der Schüler", „der Schornsteinfeger", „der Handwerker" sagt. Sie betrachtet Karteikarten mit unseren Namen und Daten wie mitgegebene Lieferscheine. Wirft uns dann wortlos die, aus mehreren Teilen bestehende, Bettwäsche zu. Der Packen ist unhandlich. Ich muss aufpassen, dass ich die einzelnen Stücke nicht auf den Boden fallen lasse. „Bezieht jetzt eure Betten! Wenn ihr Bettnässer seid, sagt es lieber gleich. Also, wer braucht von euch ein Gummilaken? Was ist mit dir, Bodo?" Ich schaue sie ziemlich lange erstaunt an. Wohl zu lange. „Na, was ist? Bist du Bettnässer, Bo-do?" Sie deutet mein Zögern als Schämen.

Denkt wohl: "Fühlt der sich ertappt? Oder ist der schwer von Begriff?" „Nein, das bin ich nicht", antworte ich nach weiterem Zögern erschrocken und etwas vorwurfsvoll. „Das sagen alle. Wir werden es morgen früh genau wissen." ich muss schlucken, bin gekränkt. Diese Frau mag ich nicht. Es ist das erste Mal, dass mir Erwachsene nicht wohlwollend begegnen.

Da war die freundliche Friseurin, als ich mit fünf Jahren mit umgehängter Brottasche zum Haareschneiden kam. Ich erzählte ihr, dass ich mich so sehr auf die Einschulung mit sechs freue. Dann wurde ich sechs. Ich kam nicht in die Schule. Ich wurde sieben. Ich kam nicht in die Schule. Es passte meinen Eltern nicht. Ich wurde acht, neun, zehn. Ich hatte die Hoffnung aufgegeben, jemals in die Schule zu kommen. Dann half ich Vater. Erst wie ein Schiffsjunge, später fast schon wie ein Bootsmann. Unterstützte Mutter, die immer mehr ihre eigene Welt errichtete und nicht auf Vater, immer weniger auf mich, aber auf manche Stimmen hörte. Was die rieten, war nicht gut für sie, für Vater und für mich. Dann kam der Sommer, in dem ich dreizehn geworden war. Sicher ein kindlicher Dreizehnjähriger, aber mit einem dünnen schwarzen Flaum über der Oberlippe und mit einer tiefen Stimme. Sie holten mich vom Schiff, das nach mir benannt war. Nahmen mich weg von Mutter, für die ich eine gute Stimme war und von Vater, der nicht da war, als ich ihn brauchte, sondern sich in Ruhrort in Kneipen herumtrieb. Ich ging tapfer mit dem Fürsorger und fuhr mit ihm auf dem Motorroller davon. Mutter sackte am Straßenrand zusammen und schrie: „Mein Kind, sie nehmen mir mein Kind!" Wir fuhren weiter. Ich benahm mich wie ein Mann. „Männer weinen nicht", hatte ich gehört. Was sollte ich tun? Was konnte ich tun? Wie ein Erwachsener sein, der weiß´, dass Schule wichtig für das Leben ist, damit man rechnen, schreiben und lesen kann.

Warum unterstellt sie mir, dass ich ins Bett mache? Ich wäre doch ehrlich gewesen, hätte es ihr doch von allein gesagt. Warum sollte ich lügen? Ist ins Bett machen nicht eine Krankheit? Ein Leiden wie Schnupfen, Husten oder Diphtherie? Warum redet sie überhaupt in so einem harten Ton? Was ist das für ein Heim! Was sind das für Menschen! Wie fremd kommen sie mir vor. Da gefiel es mir im Aufnahmeheim viel besser, wo sie mich für die Schulart getestet haben. Da bin ich über einen Monat gewesen. Ich wäre dort Bürobote geworden, wenn ich nicht nach Mühlenbach gekommen wäre. Bürobote, das war dort ein Vertrauensposten. Da hätte ich die Heimakten von einer Abteilung zur anderen gebracht. Das wäre eine schöne Anerkennung gewesen, die mich stolz gemacht hätte. Nun bin ich hier und fühle mich eingeschüchtert, wie ein Angeklagter, der gestehen soll, dass er doch zu den Bettnässern gehört.

In diesem Schloss am Mühlenbach ist es nicht schön. Hier kommt es darauf an, nicht unangenehm aufzufallen, damit die Erwachsenen nicht doch am Ende Recht behalten, dass man eigentlich kriminell und böse ist. Wie lange wird es dauern bis ich hier wieder rauskomme? Drei oder vier Jahre rechne ich mir aus. Solange wie die Schulzeit. Die Bestrafung dafür, dass meine Eltern mich nicht rechtzeitig zur Schule geschickt haben. Aber ich wollte doch zur Schule, wissen die denn das nicht? Nun hat es mir endlich der Staat ermöglicht, wenn auch mit sieben Jahren Verspätung. Aber ich freue mich nicht mehr.

Als kleiner Junge kam ich an einem Schulhof vorbei. Dort war gerade Pause. Viele Kinder hatten Gruppen gebildet und spielten. Ich sah Gestalten in schwarzen Gewändern; sie schienen mir riesengroß. Ihre Umhänge, an denen Stöcke hingen, wurden mit Kordeln zusammengehalten. Diese mönchähnlichen Wesen lasen vertieft in kleinen schwarzen Büchern. Wo sie die Gruppen der Kinder durchschritten, erstarb die Fröhlichkeit zur Totenstille und alle wichen zurück. Als ich Mutter fragte, was das für Leute sind, sagte sie: „Das sind Erzieher. Das dort ist keine Schule, sondern ein Erziehungsheim. Da müssen sie streng sein. Sie passen auf, dass die Kinder nichts tun, was verboten ist." Ich schaute unverwandt auf diese Kinder und ihre Aufpasser. Erzieher heißen also solche Leute. Das klingt nach Strenge und Bestrafung. In so ein

Heim wollte ich nicht. Auch nicht in ein Schiffer-kinderheim, wo die Kinder der Schifferfamilien oft hinkommen, wenn sie zur Schule müssen. Ich wollte so lange wie möglich bei meiner Mutter bleiben. Mit ihr zusammen auf dem Schiff. Später in einer Stadtwohnung in Hamburg oder Berlin. Vater könnte ja weiter mit dem Schiff unterwegs sein und sich wieder einen Bootsmann nehmen und uns dann ab und zu mal besuchen. Aber ich ahnte schon, dass daraus nichts werden würde, weil die Eltern nichts auf die Reihe kriegten.

Nun muss ich also hier in Mühlenbach sein. Und wäre am liebsten auch abgehauen, wie meine beiden Kollegen Erwin und Willy. Sie türmen schon nach wenigen Stunden. Aber ich bin dazu zu feige, zu vernünftig und zu brav. Ihre Freiheit ist allerdings nur von kurzer Dauer. Man hat sie schon bald wieder aufgegriffen und bringt sie nach einer Nacht auf der Polizeiwache am nächsten Morgen zurück. Hier erwartet sie dann stunden-langes In-der-Ecke-Stehen und Liebesentzug durch frostiges und kurz angebundenes Verhalten der Erzieher. Aber die beiden Ausreißer stehen nun wenigstens im Mittelpunkt des Interesses. Dazu nehmen sie ihre Strafe gern auf sich. Sie haben sich auf ihre Weise gegen den freudlosen und un-willkommenen Empfang gewährt. Ich dagegen nicht. Ich bin dort geblieben, wo man mich hinge-steckt hat. Aus Vernunft, könnte man meinen; aber es ist zum großen Teil einfach Angst vor Strafe und vor dem Anschreien der Erzieherin, die uns damit einschüchtern will.

Im Schlafsaal mit der Holztäfelung an den Wänden warten auf uns eiserne Etagenbetten, die durch schmale Gänge voneinander getrennt sind. Von der Mitte der Zimmerdecke verbreitet eine flache Lampenkuppel mattes gelbliches Licht. Sie erinnert an eine Sonne aus dem Bilderbuch. Von dunklen Sonnenflecken weiß ich noch nichts, aber die Fliegen-, Falter- und Schusterkadaver unter dem Glas hätten mich daran erinnern können. Ich schlafe im oberen Teil des Bettes. Unten liegt ein Günther. Ob wir uns vertragen? Ich möchte hier mit jedem gut auskommen. Vor dem Einschlafen betrachte ich bis zum Lichtausmachen den Beleuchtungskörper über mir. Gehe meinen Gedanken nach und strecke die Finger vor meinen Augen gegen das dürftige Licht. Das Schwarze unter meinen Fingernägeln stört mich. Ich versuche, mit den Nägeln der anderen Hand den Schmutz zu entfernen.

Eine Schiebetür aus dunkelbraunem Holz trennt den Schlafsaal vom Tagesraum. Punkt halb neun verschwindet Fräulein Zweigner dahinter, nachdem sie: "Gute Nacht, allerseits!" gewünscht hat. Sie sagt „gute Nacht, allerseits". Nicht mehr. Gibt auch nicht, wie das noch im Aufnahmeheim üblich war, jedem Kind am Bett persönlich die Hand. Sie sagt nur ihren Spruch und verschwindet zurück in den Tagesraum. Wo das Licht nun durch den Spalt der zusammengeschobenen Türflügel noch längere Zeit schimmert. Als Zeichen, dass sie sich dort noch beschäftigt. Sie kennzeichnet die Unterwäsche mit den Anfangsbuchstaben unserer Namen, damit sie uns wieder zugeordnet werden kann, wenn sie von der Großwäscherei kommt. Außerdem bügelt sie die einzelnen Teile noch. Die Erzieherin hat einen langen Arbeitstag, bis sie sich in ihr Privatzimmer im oberen Stockwerk des Gutshauses zurückziehen kann. Dazu kommt sie dieses Mal noch lange nicht.

Schon bald wird es in den Betten unruhig. Ich höre Gerhard, einen großen kräftigen Jungen, rufen: „Wer hat denn da gefurzt? Warst du das, Herbert, du Sau?" Gerhard schläft unter Herbert und stößt mit den Füßen gegen die Matratze seines über ihm schlafenden Bettgenossen. Der fällt durch den heftigen Stoß samt Bettdecke in die Tiefe. Hält sich spontan am Lattenrost fest und kommt dumpf mit den Füßen auf. Er ist ein zarter, etwas mädchenhaft wirkender Junge, während Gerhard mit seinen fünfzehn schon für achtzehn durchgehen könnte. Herbert steht mit seinem weißen langen Nachthemd noch etwas benommen im Gang zwischen den Betten. Dann scheint ihm einzufallen, dass er auf Gerhard böse ist. Er trommelt auf dessen Decke heftig herum und trifft dabei mehr versehentlich mit seinen Fäusten auch den Körper seines Widersachers, der sich geschickt den Treffern zu entwinden sucht. „Du bist es ja selbst, du fieser Kerl und gibst mir die Schuld." Er schlägt den sich mit der Decke Schützenden und Kichernden noch einmal heftig gegen die Brust und schreit in den dämmerigen Saal hinein: „Fräulein Zweigner, Fräulein Zweigner. Der Gerhard hat schlechte Luft gemacht und gibt mir die Schuld. Das finde ich fies!"

Diese Auseinandersetzung wirkt wie ein Signal. Es wird insgesamt unruhiger. Einige beginnen ebenfalls mit ihren Beinen gegen die Matratzen der oben Schlafenden zu treten. Oder mischen sich mit Bemerkungen in den Streit zwischen Gerhard und Herbert ein. Es entsteht erst ein leiser, dann ein immer lauter werdender Geräuschpegel. Im fast finsteren Schlafsaal, der nur von einer schwachen Notbeleuchtung über der Eingangstür in einen dämmrigen Zustand versetzt wird, huschen Gestalten von Bett zu Bett. Raubzüge auf Decken und Kissen werden unternommen. Kopfnüsse und andere Schläge werden verteilt. Immer wieder fallen Matratzen aus den Betten. Das hält eine ganze Weile so an. Da ruft plötzlich einer: „Nun seid doch endlich mal ruhig, wir sollen doch schlafen!" Ganz ernst gemeint, ist das sicher nicht, denn man hört aus dieser Richtung ein hexenhaftes Kichern. Sicher testet der angeblich für Ruhe Sorgende nur aus, wie lange es dauert, bis Fräulein Zweigner aufkreuzt. Vielleicht hat er auch schon bemerkt, dass sie bereits eine ganze Weile hinter der Schiebetür lauert und durch den schmalen Spalt zwischen den Türflügeln das rege Treiben beobachtet.

Nun ist der geeignete Zeitpunkt für ihren Auftritt gekommen. Mit einem heftigen Ruck reißt sie die beiden schweren Türhälften auseinander, so dass es klingt, wie das Grollen eines Donners. Dann steht sie, wie ein furchtbarer Racheengel da und knipst das Licht an. Der Schreck der plötzlichen Helligkeit lässt mich unter der sonst so trüben Sonnenlampe die Augen zusammenkneifen und mein Herz schneller schlagen. Was wird es jetzt geben an Strafen? Hoffentlich weiß sie, dass ich nicht einer der Störenfriede bin. Sie läuft schnell auf die Betten zu, wo sie den Unruheherd vermutet. Die Stimmen ihrer Pappenheimer hat sie sich eingeprägt und liegt dabei meistens richtig mit ihrer Vermutung, wer angefangen hat. Gerhard und Herbert müssen rasch aufstehen, ihre Bettdecken nehmen und sich beide an die Wand stellen. Es gibt Nächte, da stehen sogar drei oder vier traurige Gestalten wie Gespenster im Dämmerlicht. Sie stehen mit dem Gesicht zur Wand und sollen über ihre Untaten nachdenken. Auch wenn sie vielleicht zu Beginn dieser Prozedur noch etwas herumalbern, gibt sich das im Laufe der Zeit, während die anderen schon wieder schlafen oder vielleicht auch nur so tun. Solange die Bestrafung dauert, muss auch Fräulein Zweigner im Gruppenraum ausharren. Sie sortiert eben Wäsche oder füllt die

Zeit mit weiteren Bügelaktivitäten aus. Das kann eine Stunde oder länger dauern. Wenn Sie denkt, dass es genug ist oder es selbst nicht mehr aushält, schickt sie die, nun wie Pferde im Stehen Schlafenden, mit kargen Worten ins Bett. Ihre Stimme ist dabei fast tonlos: „Geht nun schlafen." Die Angesprochenen torkeln im Halbschlaf zu ihren Betten. Krabbeln lautlos unter die Decke und schlafen oder dösen bis zum Morgen noch so dahin.

Nach so einem Vorfall ist die Atmosphäre gestört. Es wird weder gelacht, noch leise gekichert, noch sich unbeschwert im Bett umgedreht. Kaum jemand wagt, laut zu atmen. Auch den Nichtbeteiligten fällt es schwer, wieder einzuschlafen. Zu groß ist die Aufregung, die sich auf alle auswirkt. Diese Verunsicherung ist wohl auch beabsichtigt, sozusagen als indirekte pädagogische Maßnahme. Die Gruppe hat heute als Gesamtheit versagt. Das hat sie nun davon. Das Motto, nach dem erzogen wird, heißt: „Einer für alle, alle für einen." Aber wie ungerecht ist es doch, wenn alle darunter leiden müssen, dass wenige uneinsichtig sind und vielleicht nur ein Mitglied gegen die Norm verstoßen hat. Man hat sich die Gruppe doch nicht ausgesucht und kann somit auch nicht gleichen Sinnes sein wie die anderen. „Ihr als Gruppe hättet das verhindern müssen", heißt es oft. Dabei wird vergessen, dass es ja in jeder Gruppe Wortführer und Mächtige gibt, die keine Hemmungen haben, einfach das durchzusetzen, was sie wollen, und dabei nicht so sehr, oder auch gar nicht, an die Gesamtgruppe denken.

Ich werde nie ermahnt; stehe auch nie in der Ecke oder an der Wand. Dafür aber habe ich oft Angst, verdächtigt und durchschaut zu werden. Denn ich finde eigentlich alles furchtbar und fühle mich in Mühlenbach überhaupt nicht wohl. Wenn ich nicht selbst scheu vor dem krassen Ausdruck gehabt hätte, hätte ich gesagt: „Ich finde alles zum Kotzen." Doch das möchte ich lieber gut verbergen. So zeige ich also nicht, was ich wirklich empfinde. Mag es mir vielleicht selbst kaum eingestehen, weil ich denke, dass ich dankbar sein muss für all das, was man für mich tut. Aber es gibt Momente, da spüre ich unbändige Wut und Abneigung gegen diese ganze Großraumhaltung von Jugendlichen, die Heim genannt wird. Es herrscht Kasernenatmosphäre, wo der Krieg doch dreizehn Jahre vorbei ist. Während dieser vier Jahre, die mir lange vorkommen, geht es nur ums Durchkommen, ums psychische Überleben. Gelebt, richtig unbeschwert als Jugendlicher gelebt, das habe ich in Mühlenbach nicht. Habe es dort nicht lernen können und habe es eigentlich nie gelernt. Auf dem Schiff nicht, aber dort im Heim ganz gewiss auch nicht.

Einige Wochen später werde ich krank. Die Krankheit kündigt sich langsam an. Krampfartige Bauchschmerzen machen mir in immer kürzeren Abständen das Leben schwer. Sie steigern sich so, dass ich mich beim Sport auf den Boden legen muss und die Beine anwinkeln. Eine ganz normale Essensmahlzeit kann schon der Auslöser sein. Wie mit Messerstichen folgt bald darauf ein Schmerz in der linken Bauchseite. Der Heimarzt, eine Art Landarzt aus dem Ort, fühlt den Bauch ab. Er drückt mal hier und mal da und kann nichts Unnatürliches feststellen. Doch das ist den Schmerzen egal. Sie werden von Tag zu Tag schlimmer. Schließlich beiße ich nur noch die Zähne zusammen. Liege nachmittags, wenn die anderen Sport treiben, mit bis zum Bauch angezogenen Beinen und einer Wärmflasche auf meinem Bett und weiß nicht, was werden soll.

Schließlich komme ich ins Krankenhaus. Zum ersten Mal in meinem Leben. Es ist ein kasernenartiger Komplex aus vielen einzelnen Gebäuden. Die Krankenschwestern sind ebenso ruppig, wie die Erzieherin im Heim bei meiner ersten Begegnung. Bis auf eine Aushilfsschwester, die häufig nachfragt, wie es mir geht. Und wenigstens ein paar Worte mit mir spricht. Sie gefällt mir. Ich finde sie nett, und ich denke nachts an sie, wenn die Schmerzen etwas nachlassen. Ich habe mich wohl in diese junge Frau, mit den kurzen schwarzen Haaren, verliebt.

Wenn ich Mädchen gern mag, vergleiche ich sie in diesen Jahren gern mit der kleinen Wähling. Die Begegnung mit ihr ist schon einige Jahre her, aber sie hat mich damals mit ihren dunklen Locken ebenfalls sehr beeindruckt. Wir lagen mit dem Schiff ein oder zwei Tage am Mittellandkanal an der westdeutschen Grenze. Ich war vielleicht acht und spielte auf dem Treidelpfad. Ganz in der Nähe gab es einen Laden, in dem die Schiffer ihren Proviant einkaufen konnten. Die kleine Wähling war die Tochter des Besitzers und sicher schon zwölf oder dreizehn. Jedenfalls schenkte sie mir eine kleine bunte Wundertüte. Sie blieb neben mir stehen, weil sie sehen wollte, was in der Tüte war. Langsam riss ich sie auf. Einige Teile purzelten heraus. Ich erinnere mich nur noch an zwei Luftballons. Das Mädchen wollte einen davon haben. Sie hatte mir ja auch die Tüte geschenkt. Den anderen blies ich selber auf. Dabei musste ich mich ziemlich anstrengen, weil ich nicht so viel Puste hatte. Meine Partnerin aber hatte ihren mit viel Luft schön voll aufgeblasen. Aber dann kam das Schönste: Sie sprach länger mit mir. Fragte, wie ich heiße, wo ich herkomme, wo ich denn zur Schule gehe, und was ich sonst so auf dem Schiff mache. Ich erzählte, so gut ich konnte, dass ich in Hamburg zu Hause bin. Wir aber keine Wohnung haben, und ich bei meinen Eltern auf dem Schiff lebe, das nach mir Bodo heißt. Im Moment helfe ich ihnen bei der Arbeit, weil wir keinen Bootsmann haben, und meine Mutter nicht alles allein machen kann. Aber zur Schule gehe ich gern. Hier und da mal, wenn wir im Winter nicht fahren können. Und dann irgendwann sicher auch fest. Meine Mutter wird mit mir eines Tages in Hamburg in einer Wohnung leben. Während Vater wieder mit einem Bootsmann allein mit dem Schiff unterwegs sein wird, und wir ihn nur in den Ferien besuchen werden. Aber ganz ohne Eltern in einem Schifferkinderheim leben, will ich nicht. Während ich sprach, hatte sie einen Knoten in den Luftballon gemacht, so dass er seine Luft behielt. Meiner aber war geschrumpft, weil ich während des Erzählens ganz vergessen hatte, ihn mit den Fingern zuzuhalten und zuzuknoten. So hielt ich schließlich nur noch die Gummihülle in der Hand. Doch das kümmerte mich nicht. Ich sah das Haar meiner Gesprächspartnerin, ihre interessierten Augen, die mich anschauten und hörte ihrer Stimme zu, die mir freundlich und vertraut erschien. Dabei habe ich mich selbst vergessen. Dann musste sie in den Laden zurück; ihre Eltern warteten schon. Sie hielt ihren Luftballon am Knoten ganz hoch, als sie fortging. Mit der freien Hand winkte sie mir zum Abschied zu. Dann war sie verschwunden. Am anderen Morgen war alles anders. Wir fuhren früh los. Weiter nach Berlin.

Das Zimmer im Krankenhaus teile ich mit vier Leidensgenossen, ungefähr in meinem Alter. Zwei sind an den Mandeln operiert. Die beiden anderen an ihren abstehenden Ohren. Wenn die Bauchschmerzen schwächer sind, vertreibe ich mir die Zeit mit Schlafen, oder ich schaue mir die Bilderbuchreste an, die auf dem Tisch herumliegen. Meine geliebten Micky-Maus-Hefte musste ich ja auf dem Schiff zurücklassen. Außerdem denke ich an die stark furienartigen Ausbrüche von Fräulein Zweigner, die ich in meiner bisher kurzen Heimzeit auch schon mehrmals erlebt habe, wenn sie unter dem Kopfkissen eines Zöglings ein Comicheft entdeckt hat.

Manches wird im Krankenhaus mit mir angestellt. Ich muss einen dicken Gummischlauch schlucken, mit dem man mir Magensäure abzapft. Eine unangenehme Prozedur. Dann wird der Bauchraum geröntgt und noch andere medizinische Untersuchungen durchgeführt. Nach sechs Wochen lautet die Diagnose: Magenschleimhautentzündung. Ich soll Rollkuren machen und bekomme eine magenfreundliche Diät verordnet. So hole ich mir nach meiner Rückkehr ins Heim noch einige Wochen Diätkost aus der Küche ab. Was mich vor den Kameraden noch mehr zu einem Sonderfall werden lässt. Bei der Verabschiedung aus dem Krankenhaus gibt mir die Stationsschwester folgenden Ratschlag mit auf den Weg: „Du musst jeden Bissen 36 mal kauen, bevor du ihn runterschluckst." Das versuche ich zu beherzigen. Was mich zu einem ziemlich langsamen Esser macht. Bisher bin ich nach der Devise verfahren: „Wer schnell isst, der arbeitet auch schnell."

Ein auffallend großer Mann in den 30ern, mit silbergrauem Haar, holt mich vom Krankenhaus ab. Zu ihm habe ich gleich Vertrauen. Nach einer knappen freundlichen Begrüßung ergreift er meine Tasche mit den paar Sachen, die ich mithabe und lädt sie und mich in seinen PKW. Es ist, wie ich später von ihm selbst erfahre, ein Opel-Kadett. Er und sein Fahrzeug bringen mich ins Heim zurück, wo ich mich erst wieder neu einleben muss. Der Erzieher Arthur Schmieder vertieft gern während des Mittagessens das Thema „Auto". Es ist eine Marotte von ihm. Herr Schmieder und Fräulein Zweigner sind Kollegen. Bei meiner Ankunft in Mühlenbach vor sechs Wochen war er noch für eine Ausbildung beurlaubt. Nun hat er seine Prüfungen zum Sozialpädagogen erfolgreich abgelegt und seinen Dienst als Gruppenerzieher wieder aufgenommen. Ich bin ihm von seiner Kollegin wohl gleich als besonderer Fall geschildert worden. Er behandelt mich freundlicher und aufmerksamer als die anderen. Nimmt mich, vielleicht auch durch meinen Krankenhausaufenthalt, aufmerksamer wahr. Was mir das Einleben in Mühlenbach etwas erleichtert.

Damit fängt es an, dass ich denke, mein Fall liegt besonders. Was natürlich Unsinn ist. Jeder der Jungen hier hat sein spezielles Schicksal, was aus dem Rahmen fällt und den besonderen Ausgangspunkt für die Probleme bildet, die sich daraus für sein Leben ergeben. Aber ich schlittere nun in eine

Sonderrolle hinein, die ich gar nicht möchte. Ich will es nicht leichter haben als die anderen. Möchte meinen Weg so gut wie möglich selbst gehen, auch wenn er mühsam ist. Ungünstig aber für ein gruppenkonformes Leben wirkt sich aus, dass ich mich anders verhalte als die anderen zwölf oder dreizehn Jährigen. Etwa so, wie jemand der in der Verbannung leben muss. Dem man auch noch in der Gemeinschaft mit anderen Ausgesonderten anmerkt, dass er keiner von ihnen ist. Ich sage nur das Notwendigste. Spreche übertrieben gewählt und vorsichtig. Gebrauche Ausdrücke der Erwachsenensprache, die andere Kinder nicht sagen oder auch nicht kennen. In den Pausen gehe ich oft allein auf dem Schulhof umher. Die Hände habe ich auf dem Rücken verschränkt oder stemme sie in die Hüften, wie Vater es oft gemacht hat. Nur, wenn es nicht anders geht, spiele ich mit anderen.

Sportliche Spiele ganz allgemein rangieren nach meiner inneren To-Do-Liste, die ich mir in Stunden des Nichtschlafen-Könnens überlege, an letzter Stelle. Zu allererst brauche ich meine Kräfte, um Lesen, Schreiben und Rechnen zu lernen, damit ich überhaupt die Schule schaffe. Das ganz normale Leben erscheint mir schon hart und unbarmherzig genug.Verlieren und besiegt werden, kommen da sowieso schon in großer Vielfalt vor, so dass ich mir diese schmerzlichen Gefühle zusätzlich gern ersparen will. Ich möchte mir das Leben nicht dadurch noch erschweren, dass ich auch hier ein Verlierer bin. Deshalb fehlt mir der Spaß- und Kräfteüberschussimpuls, der für andere Kinder beim Sport selbstverständlich ist.

Im Gruppenraum steht ein Eckschrank. Darin gibt es ein Fach mit alten Büchern. Einige sind ganz zerfleddert und liegen dort wohl schon länger ungelesen herum. Für mich werden sie zu einem guten Zeitvertreib. Häufig sitze ich in den Nachmittagsstunden nach den Schularbeiten oderzwischen Abendbrot und Schlafengehen am Tisch und lese. Zuerst geht es noch langsam mit dem Finger Zeile für Zeile. Denn auf dem Schiff war mein Lesestoff doch sehr beschränkt. Ich hatte ja nur meine Micky-Maus-Hefte oder warf mal einen Blick auf die dick gedruckten Überschriften von unregelmäßig gekauften Zeitungen. Nun kann ich Coopers „Lederstrumpf" oder Goethes „Dichtung und Wahrheit" mir zu Gemüte führen. Das ist schon ganz was anderes. Allerdings ist letzteres von den zahlreichen Büchern der Biografie nur der erste Band. Darin kommt vor, dass auf das Goethe-Kind die Kaiserkrönung in seiner Heimatstadt Frankfurt am Main besonderen Eindruck gemacht hat. Das kann ich gut nachempfinden. Es war eben ein großes Spektakel, das die Leute begeistert hat. Wenn ich nicht lese, gehe ich auf dem Heimgelände spazieren. Im Sommer immer barfuß und in speckigen, an den Oberschenkeln ziemlich engen Lederhosen. Was ich schrecklich finde. Dieses Outfit wird bis in den September beibehalten. Wenn es regnet oder kälter ist, schlüpfen wir mit den nackten Füßen in klobige Stiefel, was auch nicht angenehm ist. Bis heute habe ich Probleme mit dem Barfußgehen und behalte oft, auch an sehr warmen Tagen, lieber die Strümpfe an. Doch es soll gesund sein, ohne Schuhe und Strümpfe zu laufen, so sagt man uns. Aber der wirkliche Grund dafür ist wohl eher, dass man das Waschen der Strümpfe und Löcher stopfen im Sommer sparen will.

So drehe ich mit ernster Miene meine Runden am Rande der riesigen alten Eichen. Komme mir vor, wie ein Sträfling auf dem Gefängnishof. Gehe ab und zu zum Ententeich, durch den der Mühlenbach fließt und der das Heimgelände im Süden begrenzt. Dann und wann gesellt sich der eine oder andere Junge zu mir. Es sind meistens dieselben, von denen mir besonders Heiner, der Opernsänger, Kurt, der Bastler und Hans, der später Erzieher wird, im Gedächtnis geblieben sind. Die beiden Letzteren halten eng zusammen. Sie gehören zum engeren Kreis derjenigen, die eine stärkere Nähe zur Erzieherin Zweigner haben. Wenn nach dem Abendbrot noch Zeit für Freizeit bleibt, dann sitzen sie mit am Erziehertisch und spielen Rommé. Heiner liebt die Oper, wie vielleicht andere das Kino. Sein Interesse an der Sangeskunst ist schon etwas Besonderes in dieser Umgebung, wo Fuß-, Völker- und Basketball das Höchste der Freizeitgestaltung sind. Auf unseren Rundgängen gibt er mir Kostproben seines Könnens. Zum Beispiel: „O, wie so trügerisch sind Weiberherzen" aus Rigoletto oder die Arie „Holde Aida". aus der entsprechenden Verdi-Oper. Das Wort „holde" dehnt er fachkundig. Es hört sich für mich als Zuhörer irgendwie gut an. ich habe Heiner gern an meiner Seite. Die Sachen, von denen er spricht, sind interessant. Vieles klingt begeistert und bekommt durch seine farbigen Ausschmückungen Leben. Ich höre ihm lieber zu als manchen anderen. Auch vielleicht deshalb, weil man sich mit ihm, wie mit einem Erwachsenen unterhalten kann. Allerdings drehe ich mich immer mal wieder um, weil ich fürchte, andere werden auf uns aufmerksam und könnten uns auslachen.

Heiner wandert mit zwanzig nach Kanada aus. Eines Tages schreibt er aus Toronto. Wir wechseln eine Weile Briefe. Noch in die Zeit hinein, als ich schon auf dem Kolleg bin und für das Abitur lerne. Als er mir nach einer Weile mitteilt, dass er ebenfalls auf einem College das gleiche vorhat, freue ich mich. Bald darauf folgt aber, ebenso plötzlich wie seine erfreuliche Nachricht, die Ernüchterung. Mit wirren Zeilen offenbart er mir, dass alles, was er über sein Bildungsvorhaben geschrieben hat, nicht der Wahrheit entspricht. Überschwänglich bittet er um Verzeihung. Alles klingt theatralisch und sehr überzogen. Ich bin enttäuscht, fühle mich von ihm gelinkt und nehme ihm nicht mehr ab, was er mir dann über sein misslungenes Leben vorjammert. Das Vertrauen ist zerbrochen. Ich bin nicht in der Lage, ihm zu antworten. Einiges an seinem Verhalten macht mir auch Angst, weil es mich an die Wahnvorstellungen meiner Mutter erinnert. Gerade in einer Zeit, in der ich selbst nach Halt und Sicherheit suche. So höre ich von Ihm nichts mehr.

Aber damals auf dem Schulhof ist er jedenfalls voller Ideen, hat große Pläne und sieht sich schon auf der Opernbühne. Er malt sich eine glänzende Zukunft aus. Diese Phantasie hat ihm gut getan, ihm Kraft gegeben die Zeit im Heim, unter der er sicher ebenfalls gelitten hat, auszuhalten. In den Augen der anderen ist er „der Opernsänger", wie ich „der Denker" bin. ich höre ihm zu und glaube ihm damals noch, wenn er von seiner bevorstehenden Karriere träumt. Traue ihm das alles zu. Dabei will ich nicht wahrhaben, dass vielleicht stimmen könnte, was die anderen über ihn sagen. Sie haben ihm noch ein weiteres Etikett aufgedrückt. Sie nennen ihn auch noch „den Spinner". Was mich nachdenklich hätte machen müssen.

Ich dagegen rede kaum über das, was ich werden möchte. Die Ungewissheit hält mich davon ab. Was ich plane, muss erst so weit gediehen sein, dass es Konturen hat. Denn mir ist noch nicht einmal klar, ob ich den Hauptschulabschluss schaffen werde. Vielleicht muss ich doch noch auf die

Sonderschule, was für die meisten damals eine „Doofen-Schule" ist. Wenn das passiert, dann wird mir später nur noch „die Schippe" bleiben, wie Vater von Leuten sagt, die nichts gelernt haben, und deshalb nur schwere körperliche Arbeit verrichten können. „Die Schippe". Sie ist Symbol für das Unterste auf der Stufenleiter der Berufe, etwas ohne Zukunft und Hoffnung. Eigentlich ein besserer Strick zum Aufhängen. Was aber soll man tun, wenn man nicht einmal kräftig genug für die Arbeit mit der Schippe ist? Wenn man keine starken Muskeln hat, sondern oft Angst und Bauchschmerzen und Magenschleimhaut-Entzündung? Und die Leute von einem sagen, man hätte „zwei linke Hände"? Was macht so einer dann? Ich balle die mir zu klein vorkommenden Hände zu Fäusten.

Die Lehrer

Meine Lehrerin heißt Frau Grafenberg. Eine voll-schlanke, etwas herrische Walküre in den Sechzi-gern. Meistens hat sie ein rotes Gesicht und ist leicht außer Atem. Ihr Hals wirkt geschwollen, als würde sie an der Schilddrüse leiden. Sie unterrich-tet die Schulkinder der fünften und sechsten Klas-se. Der Unterrichtsraum liegt in einem Anbau un-ter dem Dach versteckt. Zugang hat man nur von einer Dachterrasse aus. Meistens kommt die Leh-rerin unpünktlich. Schon von Weitem hören wir ihre Atemstöße und sehen sie übereilig im Wat-schelgang, aus ihrer Wohnung kommend, den Flur entlang hasten. Sie hat eigentlich keinen Schulweg und ist doch außer Atem. Wenn sie in Eile ist, hat sie schlechte Laune. Das hat Auswirkungen auf den ganzen Vormittag. Gleich ergießt sich eine Schimpfkanonade über die Schüler, die zu dicht vor der Klassentür stehen. Wie soll sie denn nun aufschließen? Frau Grafenberg ist bepackt. Eine grifflose Ledermappe gehört zu ihrer Standardaus-rüstung. Daneben trägt sie noch das Klassenbuch und andere, wohl für den heutigen Unterricht wichtige Bücher unter dem Arm. Nachdem sie umständlich den Klassenraum geöffnet hat, stür-men alle Kinder auf ihre Plätze. Ich allerdings frage mich, warum man hier rennen soll und schreite langsam und erwachsenenartig zu meinem Platz, wie später zur Vorlesung in der Uni.

Wir warten hinter den Stühlen bis alle ihre Plätze erreicht haben. Häufig sucht Frau Grafenberg in den Minuten vor Unterrichtsbeginn irgendetwas ganz intensiv in ihren Manteltaschen oder in der Schublade. Bevor das „Guten Morgen" kommt, fällt plötzlich ein Stapel Hefte, der das lange Liegen auf dem Pult nicht mehr aushält, flatternd zu Boden. Sie hebt ihn umständlich auf und wirft ihn verächtlich auf seinen früheren Platz zurück. Dann wird endlich der Morgengruß von der Lehrerin schwer atmend gesprochen. Wir antworten dafür umso vollmundiger: „Guten Morgen, Frau Grafenberg!" Wie bei einem lang erprobten Ritual folgt das erlösende: „Setzen!" Der Unterricht kann beginnen.

Die Lehrerin hat ebenfalls Platz genommen und trägt eine andere Brille. Es ist die, die sie eben noch so umständlich gesucht hat. Jetzt klaubt sie ein einzelnes Exemplar aus dem durcheinander geratenen Heftsalat auf dem Pult hervor. Als will sie sich von einem inneren Druck befreien, hält sie es aufgeschlagen hoch und springt vom Platz auf. Ihre Stimme klingt schrill. „Das ist doch wirklich die Höhe, Anneliese. So etwas überhaupt abzugeben. Und – da – lachst – du – auch – noch, du dummes, dummes Ding!" Sie gerät mehr in Rage. „Schau mal her!" Mit ihrer etwas aufgedunsenen Hand schlägt sie zornig auf die Heftseiten, dass es klatscht. „Zweiundzwanzig Fehler auf zwei Seiten! Da fehlen einem einfach die Worte! Aber lachen,

lachen, das kannst du. Auch wenn du sonst nichts kannst, lachen, dazu hast du Talent." Anneliese versucht, mit der Hand vor dem Mund ihr Lachen zu unterdrücken. Doch es will nicht recht gelingen. Es wird immer prustender. Das Mädchen wirkt älter als die anderen. Sie ist schon im vergangenen Schuljahr in derselben Klasse gewesen und kennt die impulsive Art ihrer Lehrerin. Deshalb bleibt sie auch von solchen Tiraden ziemlich unbeeindruckt. Aber trotzdem kann sie sich das Lachen nicht mehr verkneifen und lässt nun ihren Gefühlen freien Lauf. Das ist zu viel! Frau Grafenberg hält das aufgeschlagene Schreibheft, wie einen asiatischen Fächer und wedelt damit vor der Klasse herum. Ja, es sieht schlimm aus, dieses Heft. Die Seiten bestehen fast nur aus roter Tinte. Das müssen nun alle mehr oder weniger erschüttert zur Kenntnis nehmen.

Wie ein gereizter Truthahn watschelt die Lehrerin in die Reihe, wo die arme Anneliese sitzt und schlägt ihr das traurig aussehende Heft um die Ohren. Einmal ist nicht genug. Zweimal, dreimal. Klatsch, klatsch, klatsch. Dabei ruft sie wieder und wieder: „Du dummes, dummes Ding. Du bist doch ein dummes Ding." Anneliese lacht weiter. Die Klasse kann sich nicht mehr zusammennehmen und stimmt in das Lachen ein. Beim letzten Schlag lässt Frau Grafenberg, das fast vollkommen zerknitterte Schulheft fallen und sagt resignierend: „Nun heb es endlich auf. Es hat ja doch alles keinen Zweck. Nimm deine Schulsachen und mach, dass du hinter die Esse kommst. Ich kann dich heute nicht mehr sehen. Nun mach schon, dass du fortkommst!" Anneliese ist beleidigt und sagt schmollend: „ich geh ja schon." Dabei zieht sie zur Klasse eine Flunsch. Was Frau Grafenberg nicht zu bemerken scheint. Oder auch nicht mehr sehen will. Sie möchte diese Auseinandersetzung nun beenden. Wer hinter der Esse sitzen muss, wird fast ganz verdeckt von diesem großen Schornstein und kann dem Unterricht nur noch akustisch folgen. Normalerweise bleibt dieser Platz unbesetzt und dient als Notsitz für nicht eingeplante Neuzugänge, wenn die Klasse überbelegt ist. Man hat dort ein Sitzgefühl wie im Theater auf den billigen Plätzen. Allerdings verführt manche Kinder diese Abgeschiedenheit auch dazu, weiterhin Quatsch zu machen und akustisch zu stören. Etwa durch überlautes Handtieren mit Heften und Schulbüchern oder durch häufiges Stöhnen und Husten.

Doch Anneliese ist eigentlich ein gutherziges Mädchen, das sogar an angenehmeren Tagen für ihre Lehrerin und deren Ehemann, dem Heimleiter, Briefe und Päckchen zur Post bringen darf. Außerdem geht sie auch ihrer Lehrerin beim Putzen zur Hand und nimmt damit in gewisser Weise am Familienleben teil. Diese herausgehobene Stellung hat aber mit ihren schulischen Leistungen nichts zu tun, die eher ziemlich schlecht sind und zu oft auf der Zensurenliste als Fünf und Sechs Gestalt annehmen. Die Enttäuschung der Lehrerin rührt vielleicht daher, dass Anneliese das Bemühen um sie nicht genügend durch Einsatz in der Klasse honoriert.

Die anderen Mitschüler sind schadenfroh und rufen: „Vogelkopf, Vogelkopf!". Ein Wortspiel aus Annelieses Nachnamen, der mit „Vogel" leicht Anlass zum Verhohnepipeln gibt. Aber Anneliese lässt sich kein Gekränktsein anmerken. Sie gibt sich nicht geschlagen und zeigt allen den Vogel, indem sie mehrfach an ihre Stirn tippt, dabei die Augen verdreht und die Zunge herausstreckt. Ja, sie ist keck und weiß auch den frechen Jungen, etwas entgegen zu setzen. Was diese wiederum reizt, das frühreife Mädchen zu ärgern, weil es irgendwie Spaß macht. Dann läutet es. Alle müssen den Klassenraum verlassen. Doch bevor sie über die Dachterrasse durch das Treppenhaus nach unten auf den Schulhof geleitet werden, ertönen die Ermahnungen der alten Lehrerin: „Stellt euch zu zweit auf! Wartet erst einmal! Haltet den Mund! So, jetzt geht los!" Und trotz dieser vielen Befehle flitzen doch alle johlend, stoßend und schreiend durch das frisch gebohnerte Treppenhaus des alten Gutshauses nach unten auf den Hof.

Während der Pause steht das Lehrerkollegium als Vierergruppe auf dem Schulhof. Einer führt Aufsicht und verlässt immer mal wieder die Runde, um mit der Trillerpfeife im Mund auf eine zu heftig balgende Schülergruppe zuzulaufen; in der Absicht, Ordnung zu schaffen und Schlimmeres zu verhindern. Die interessanteste Persönlichkeit dieser Lehrerschar ist Berthold Muthesius. Ein ehemaliger, für höhere Schulen ausgebildeter, Lehrer aus der DDR, dessen Ausbildung in Westdeutschland allerdings nur für den Unterricht an Hauptschulen anerkannt wird. Sicher könnte er hier zwar manche zusätzliche Prüfung noch nachholen. Aber, ob es nun Stolz ist oder eine individualistische Marotte: er weigert sich. Und muss sich deshalb damit begnügen, wo die Behörde ihn einsetzt. So verbreitet er das traurige Flair eines verkannten Künstlers, der sich damit zufrieden geben muss, was ihm das Leben vor die Füße oder treffender gesagt, vor den Geist legt. Und das sind wir: Einfache, mehr oder weniger durchschnittlich oder vielleicht sogar schwächer begabte junge Menschen aus ungeordneten Verhältnissen. Hier also ist er nun wie Odysseus am Strand der Phäaken gelandet: in einem Heim am Rande der Großstadt. Aber von irgendwas muss man ja leben mit Frau und einem Kind, das auch noch ein Problemkind ist. Lehrer Muthesius fühlt sich also vom Schicksal hart gebeutelt. An dieser Last trägt er schwer. Man lässt ihn wenigstens die höheren Volksschulklassen unterrichten. Hier hat er sich auch schon einen gewissen Ruf erworben: „Wenn ihr erst zu Herrn Muthesius kommt, dann werdet ihr schon merken, was euch noch an Wissen fehlt, und dass ihr euch dafür anstrengen müsst." Das sagt Fräulein Zweigner etwas schadenfroh.

Der Lehrer erarbeitet mit seinen Klassen manche ausgefallenen Dinge. Er lässt zum Beispiel nach Musik malen oder die Schülerinnen und Schüler im Sommer lange Wimpel auf dem Schulhof hin und her schwenken. Das geschieht im Takt des Akkordeons, auf deren Tasten seine zarten kleinen Finger mit den ungepflegten Nägeln eifrig hin und her gleiten. Der schmale Schneiderkörper unseres Schulmeisters schwingt, dem Rhythmus folgend, mal in diese, mal in jene Richtung. Auch der Schopf seiner Künstlermähne schließt sich passend den Bewegungen an.Hoch und runter, rechts und links. Ellipsenartige Formen entstehen durch die langen Wimpel in der Luft.

Allerdings hängt der gelungene Eindruck dieser Darbietung mehr oder weniger von der Begabung des Fahnen schwingenden Schulkindes ab. Wer das nicht so gut hinkriegt, das heißt, wer aus dem Takt kommt oder bei wem sich der Fahnenstoff verheddert, der hat das Nachsehen. Denn Lehrer Muthesius will uns in der Gesamtheit bilden, nicht nur in Teilbereichen, wie Lesen, Schreiben, Rechnen. Die Entwicklung der Seele soll auch nicht zu kurz kommen. Dazu braucht man eben das Künstlerische. Also den Bereich, wo es nicht allein auf den geschliffenen Verstand ankommt, sondern das Empfinden Lehrer und Meister ist.

Ich komme mit diesen Übungen nicht gut zurecht. Es macht mir Mühe, die Fahne im richtigen Takt zu schwingen und die entsprechenden Bewegungsmuster aus dem Akkordeongedudel, vermischt mit einigen, doch nicht ganz unerheblichen Außengeräuschen, die sich draußen nun mal so ergeben, herauszuhören. Der Lehrer muss, zu meinem großen Bedauern, bei mir oft eingreifen. Dabei nimmt er - nein, er reißt - mir mit Ruck die Fahne aus der Hand und sagt: „**Eins, und zwei und drei und vier.**" Oder bei einer anderen Melodie: „**Eins, zwei und drei. Eins, zwei und drei.**" Es ist eine Tortur. Frei soll man bei diesem Unterricht werden, frei und innerlich unbeschwert. Doch davon ist in meinen Gefühlen nichts zu spüren. Im Gegenteil: Die Kunst lastet auf mir. Das Freie und Unbeschwerte wird, wie beim Sport, nur noch zu einer Forderung mehr unter vielen anderen.

Ich verkrampfe mich, weil ich Vorwurf in seinen Erklärungen höre. Nach dem Motto: „Das ist doch alles natürlich und einfach. Das kann ja nicht so schwer sein. Das kann doch jeder." In mir wird eine Stimme laut, die zu mir sagt: „Nur du nicht. Nur du kannst es wieder mal nicht." Dann spricht der Lehrer es auch noch mit seinen Lehrerworten aus, was ich schon die ganze Zeit selbst in mir höre: „Das muss man einfach im Blut haben", sagt er genervt. „Das kann man nicht lernen." Und er wendet sich anderen Schülern zu, deren Taktgefühl keine Probleme macht. „Schade, schade", denke ich. „Du hast es nicht im Blut. Dir fehlt etwas, was alle anderen haben, und was du niemals lernen kannst. Etwas ist mit dir nicht in Ordnung." Die äußerst empfindliche Pflanze meines Land-Selbstbewusstseins wird klein, traurig und verzweifelt. „Verdammt", denke ich, „was ich hier alles nicht kann." Und dann meldet sich das, seit Beginn meiner Heimzeit im Käfig gefangene Schiffer-Ich wieder. Es ist noch lebendig. Wird immer lebhaft, wenn Ich zu zerbrechen drohe an den Forderung dieser Land-Welt. Dann werde ich wütend auf diesen etwas spleenigen kleinen Lehrer, der Kleckse malen und Fahnen schwingen nach Musik so wichtig findet. Also sage ich mir wieder wie bei manchen Sachen, zu denen ich keine Kraft habe und bei denen ich ganz tief in meinem Inneren spüre, dass es doch toll wäre, wenn ich sie könnte: „Ich will kein Künstler werden. Ich will Lesen, Schreiben und Rechnen lernen. Um Fahnen zu schwenken und irgendwelche gelben und grünen Punkte nach Musik auf einen Bogen Papier zu malen, dafür hätte man mich nicht vom Schiff runter holen müssen. Die Zeit drängt. Ich bin jetzt vierzehn und komme in zwei Jahren aus der Schule. Dann muss ich Geld verdienen. In einem Beruf, den ich jetzt noch gar nicht kenne. Dazu muss ich mich anstrengen. Ich bin mit der Schule verspätet dran und lerne, damit ich einen Beruf bekomme."

Herr Muthesius aber hat noch andere pädagogische Pläne, die unserer seelischen Ganzheit zugutekommen sollen. Er will mit uns ein Musikstück von Carl Orff einüben, das dann vor der gesamten Hausgemeinschaft aufgeführt werden soll. Dabei werden Glockenspiele, Xylophone, Triangeln, Pauken, Trommeln und natürlich auch Blockflöten eingesetzt. Ich habe die Aufgabe eine bestimmte Tonfolge von drei oder vier Tönen auf dem Glockenspiel immer wieder an einer entsprechenden Stelle zu wiederholen. Das bedeutet für mich Konzentration und Anspannung. Eins, zwei, drei, vier; eins, zwei, drei - vier, zähle ich. Der Lehrer bleibt immer wieder bei mir stehen. Reißt mir in seiner Ungeduld den Klöppel aus der Hand und schlägt selbst mit demonstrativer Überbetonung auf die Metallplättchen: **Eins, zwei, drei, vier; und eins, zwei, drei, vier.** „Hörst du das denn nicht! Du hast wohl Fischblut." Was soll ich haben? Fischblut soll ich haben. Wie meint er das? Für Herrn Muthesius scheint es jedenfalls nichts Gutes zu bedeuten. Was Kaltes, Langsames, Schwerfälliges. Er hat wohl den Eindruck, dass mich nichts aus der Ruhe bringen kann. **Eins, zwei, drei, vier:** und **eins, zwei, drei, vier**", ruft er. Dann geht er mit schnellen Schritten an sein Pult und dirigiert das Ganze mit der Stimmgabel wie ein Orchester. Ich bemühe mich weiter.Beiße mir auf die Zunge. Er kommt erneut und schaut mir auf die Finger. Nun ist er versöhnlicher. Er sieht, dass ich mich anstrenge. „Ja, so ungefähr. Immer schön zählen: **Eins, zwei, drei, vier; und eins, zwei, drei, vier**. Siehst du, das geht doch. Gut!" Der Lehrer wendet sich den anderen Pseudomusikern zu und übt mit ihnen ihren Part ein. Ich kann nun schon ohne zu zählen den Rhythmus halten. Schön! Das ist doch immerhin ein kleiner Fortschritt! Irgendwann macht mir das Spielen der Tonfolge sogar Spaß. Das hätte ich nicht gedacht.

Beim Korrigieren meiner Aufsätze gibt sich Herr Muthesius viel Mühe. Er schreibt längere Bemerkungen an den Rand meines Heftes. Lobt das, was ihm gelungen erscheint und gibt Anregungen und Hinweise zu Stil und zur Syntax. Aber auch hier möchte er die Phantasie fördern und den inneren Menschen bilden. Ich soll die Romantiker lesen – da würde ich schon merken, worauf es beim Schreiben ankäme. Mehr sagt er dazu nicht. Ich bin ratlos. Was sind die Romantiker? Warum haben Sie solchen Einfluss auf das Schreiben der Aufsätze? Ich habe keinen Mut, den Lehrer direkt danach zu fragen. Auch die Erzieher nicht. Die wissen das wahrscheinlich sowieso nicht. So bleiben die Romantiker für mich längere Zeit ein Geheimnis. Eines Tages wird Lehrer Muthesius dann doch konkreter. Er bringt mir „Die Judenbuche" von Annette von Droste-Hülshoff aus seinen Bücherbeständen von zu Hause mit. Das ist es also, was ich zum guten Aufsatzschreiben brauche.

Schon die ersten Seiten nehmen mich gefangen. Da ist ein Kind, dessen Leben bereits vor der Geburt negativ festgelegt erscheint. In seiner Familie herrschen sehr ungünstige Rahmenbedingungen. Die Mutter heiratet einen ungeliebten Mann, weil sie davon träumt, aus ihrer sozialen Schicht heraus zu kommen. Er ist starker Alkoholiker und schlägt häufig im betrunkenen Zustand seine Frau. Der Beginn dieser Handlung weckt Erinnerungen an meine eigene Kindheit. Vor allem erschreckt es mich, dass der junge Mann immer mehr auf die schiefe Bahn kommt und seinem Leben schließlich als alter Mann durch Selbstmord ein Ende setzt. Muss ich nicht auch ständig auf der Hut davor sein abzurutschen? Mir fallen die Worte meines Erziehers ein, der bei einem Spaziergang meine Aufmerksamkeit auf die anderen Gruppenmitglieder lenkt: „Ich könnte dir von jedem sagen, was aus ihm wird. Einige werden immer kriminell bleiben und machen eine traurige Karriere durch. Sie kommen nicht mit ihren Pflegeeltern zurecht und wandern von Heim zu Heim. Schließlich folgen größere Straftaten bis sie am Ende im Gefängnis gelandet sind." Meistens höre ich nur aufmerksam und nachdenklich zu ohne viel zu sagen, wenn mein Erzieher über die Begrenztheit von Erziehung spricht.

Aber zurück zum Vorschlag meines Lehrers, mich mit der romantischen Seite des Lesestoffes vertrauter zu machen, um dadurch nicht dem trockenen und einseitigen Verstandesdenken allein im Leben ausgeliefert zu sein. Dadurch wird mir wieder ein weiteres Defizit meiner Persönlichkeit bewusst: Es fehlt mir auch noch die Phantasie. Also charakterliche Beschreibung des Individuums B.K.: zu phantasielos, zu sachbezogen, zu wenig sensibel für die musischen Tiefen des Lebens. Das kränkt mich schon wieder. Lehrer Muthesius hat eben die Fähigkeit, viele wunde und defizitäre Punkte von mir aufzudecken. Das scheint ihm direkt Freude zu machen. Nur bei wenigen seiner Schüler tut er das. Am meisten bei mir, fällt mir auf. Dann kommt mir der Gedanke, dass ich ihm vielleicht wichtig sein könnte, und er mich einfach nur, in seiner ihm eigenen Art, fördern will. Aber er weiß zu wenig von mir, geht es mir durch den Kopf. Kennt er überhaupt meine Geschichte vor der Zeit in Mühlenbach? Vielleicht will er sie gar nicht kennenlernen, weil er unvoreingenommen seinen Schülerinnen und Schülern begegnen will. Aber kann man das denn überhaupt? Ich jedenfalls möchte, dass meine Lehrer wissen, wo ich herkomme, und wer ich vor der Begegnung mit ihnen war. So wie Frau Zweigner, die sich jetzt übrigens nicht mehr Fräulein, sondern Frau nennen lässt. Oder Herr Schmieder oder der Heimleiter Herr Grafenberg. Sie alle wissen, dass ich ein Binnenschifferkind bin, meinen Eltern bei der Arbeit geholfen habe und erst mit dreizehn in die Schule gekommen bin. Ich will, dass man mein Leben vor der Heimzeit kennt. Damit man sich erklären kann, woher es kommt, dass ich manches nicht so gut kann wie die anderen. Sie sollen mich nicht für einen Dummen halten, für den, wenn er erwachsen ist, nicht mal „die Schippe" bleibt.

Mein Defizit also ist die Phantasie. Das sagt der klügste Lehrer in Mühlenbach. Dabei denke ich häufig über mein Leben nach und mache Pläne und will was lernen. Phantasie besitzen heißt, träumen zu können, sich trauen Geschichten zu erfinden. Die vielleicht nicht wahr sind im Sinne der Wirklichkeit, die man sieht. Aber trösten, wenn man allein ist. Das soll ich nicht können? Da kennt mich Herr Muthesius aber schlecht. Auch ich denke mir Geschichten für mein Leben aus. Da bin ich verliebt. Da habe ich eine Freundin gefunden, die mich ebenfalls liebt. Einfach nur, weil ich da bin. Die sich nicht davon blenden lässt, was ich nicht kann. Ich soll keine Phantasie haben? Langsam beginne ich Lehrer Muthesius seltsam zu finden und suche stärker die Nähe von Arthur Schmieder, der meiner Ansicht nach realistischer im Leben steht.

Ich glaube, es ist wichtig für das Verstehen des Lehrers Muthesius, seine private Welt ein wenig zu erwähnen. Er führt kein leichtes Leben. Beruflich konnte er den Weg nicht einschlagen, den er von seiner musikalischen Begabung her, gern gegangen wäre. Er war drauf und dran Pianist zu werden. Verliebte sich aber früh auf dem Konservatorium in eine Kommilitonin. Bald konnten sich beide ein Leben ohne einander nicht mehr vorstellen. Sie wollten zusammenziehen. Das bedeutete aber eine baldige Heirat, um eine gemeinsame kleine Wohnung in der DDR zu bekommen. Berthold Muthesius war noch jung genug, um eine höhere Lehrerausbildung mit dem Schwerpunkt Musik zu beginnen. Seine Frau gab Klavierstunden und wurde bald schwanger. Doch nach der Geburt entwickelte sich ihr kleiner Sohn nicht normal. Die Ärzte machten den Eltern ziemlich eindeutig klar, dass Heinz wohl auch in späteren Jahren noch unter seiner geistigen Entwicklungsstörung leiden würde. Das war für Muthesius und seine Frau eine schlimme Eröffnung. Sie wollten keine Möglichkeit der Heilung oder Besserung des Zustands ihres Kindes unversucht lassen. Beide hörten viel von neuen Therapien, wovon sie sich Hilfe oder wenigstens ein langsameres Voranschreiten der Erkrankung versprachen. Aber Chancen dafür, diese Therapiemöglichkeiten in Anspruch zu nehmen, sahen sie nur in Westdeutschland. So beschlossen sie, die DDR zu verlassen und einen neuen Start im anderen Deutschland zu wagen. Berthold Muthesius unterrichtete als Lehrer an verschiedenen Volksschulen. Als Heinz ins schulpflichtige Alter kam, bemühte er sich, ihn einschulen zu lassen. Aber zuständige Stellen und Behörden lehnten eine normale Beschulung des Jungen ab. So unterrichtete er ihn selbst in der Hoffnung, dass dann vielleicht ein erneuter Einschulungsversuch mehr Chancen haben könnte. Und damit hatte er Glück an der Mühlenbacher Heimschule, in der er selbst nun schon einige Zeit als Lehrer beschäftigt war.

Heinz Muthesius ist eine Weile mein Klassenkamerad in der Klasse von Frau Grafenberg. Sein Vater möchte, dass er sich mit mir anfreundet. Er hat keinen Kontakt zu anderen Schülern und auch sonst keine Freunde. Auch zu mir entstehen kaum Bande. Es ist nicht einfach, mit seinen wechselnden Stimmungen zurechtzukommen. Es kommt plötzlich vor, dass ein Wort oder eine Situation so starke Aggressionen bei ihm auslösen, dass er heftig auch gut meinende Menschen beschimpft. Sie schlägt und tritt und bei manchen schwereren Ausbrüchen nur durch das Eingreifen seines Vaters wieder zu beruhigen ist. Nach solchen Anfällen halten die Weinkrämpfe noch lange an. Er beißt sich die Hände blutig oder schlägt seinen Kopf immer wieder gegen eine Wand, wobei er schreit: „Ich will sterben. Ich will nicht mehr leben." Aber es gibt auch leichtere Verstimmungen mit Maulen und Arbeitsverweigerung gegenüber der Lehrerin. Die ihm dann droht, alles seinem Vater zu erzählen und auch ihrem Mann, dem Heimleiter. Das fruchtet bei Heinz, neben den Interventionen des eigenen Vaters, noch am meisten. „Denn Herr Grafenberg wird sich dann überlegen, ob du hier weiter zur Schule gehen kannst." Heinz war schon mal in einer Einrichtung für Behinderte. Aber dort war man der Meinung, dass er bei seiner Familie noch am besten aufgehoben sei.

Wenn er sich gut fühlt, erzielt er in Deutsch und Rechnen sogar bessere Schulleistungen als seine Mitschüler. Dann wird er auch sehr von Frau Grafenberg gelobt, was ihm guttut. Aber plötzlich kann es auch wieder ganz anders mit seiner Stimmung sein. So muss er häufig hinter der Esse sitzen und möchte sterben und ruft das immer wieder in die Klasse hinein.

Wir Kinder haben nicht die inneren Kräfte, um auf die extrem schwankenden Verhaltensweisen dieses Mitschülers einzugehen. Besonders bei mir löst seine Erkrankung Erinnerungen an die für mich sehr bedrohlichen schizophrenen Schübe meiner Mutter aus. Schließlich entschließt sich Lehrer Muthesius durch den Druck der Situation, seinen Sohn wieder in einer Einrichtung unterzubringen. Aber die Sorge um sein krankes Kind ist nicht das Einzige, was diesen Lehrer belastet. In diesen Jahren ist auch seine Frau schwer an Krebs erkrankt. Wenn er nachmittags aus der Schule nach Hause kommt, kümmert er sich um die Pflege der bettlägerigen Schwerkranken und sorgt auch sonst noch für alles, was für den Erhalt der Familie notwendig ist.

Da ist es gut zu verstehen, dass dieser Mann nach einer Welt Sehnsucht hat, in der Phantasie und Gefühl tragende Kräfte des Lebens sind. In diesen Gedanken und in der Musik findet er einen Ausgleich für vieles Schwere, was ihn belastet.

Ein ganz anderer Typ von Lehrer ist Heinrich Keck. In den ersten Tagen nach meiner Ankunft in Mühlenbach werde ich gleich zu ihm geschickt, um das Einmaleins mit ihm zu üben. Lehrer Keck ist der Jüngste aus dem Quartett unserer Lehrkräfte und unterrichtet die Klassen drei und vier. Ein untersetzter kräftiger Mann mit einem auffallend dichten dunklen Lockenkopf. Unter den Schülern hat er keinen so guten Ruf. Man hält ihn für zu streng und ungerecht. Seine Pausenaufsicht wird gefürchtet.

Eine Situation hat sich mir besonders eingeprägt, weil sie meinen Freund Heiner betrifft. Er ist plötzlich in eine Schlägerei verwickelt. Meist geht es dabei um seine Ohren. Sie sind auffallend groß. Oft sind sie der Anlass für herabsetzende Bemerkungen. Wohl auch diesmal. Bald wälzt er sich mit Gerd, der ihn wahrscheinlich wieder einmal damit geärgert hat, auf dem Sandboden herum. Heiner ist sonst eher zurückhaltend, wenn es um körperliche Auseinandersetzungen geht. Es ist nicht seine Art, sich zu prügeln. Was ihn mir sympathisch macht. Doch wenn er herausgefordert wird, versteht er sich durchaus zu wehren. Dieses Mal scheint er sehr gereizt worden zu sein.

Alle vier Lehrkräfte stehen wie immer in den Pausen zusammmen und führen eine lockere Unterhaltung. Einer raucht (Berthold Muthesius ist Kettenraucher, was man deutlich aus seinen gelben

51

Fingern schließen kann.), Frau Grafenberg isst eine Stulle, die Lehrerin der ganz Kleinen macht es wie Herr Keck, der heute die Pausenaufsicht hat und beißt immer mal wieder von einem Apfel ab.

Ich drehe kleine Runden. Atme tiefer durch und denke noch einmal über alles nach, was in der letzten Stunde in der Klasse dran war. Gehe meistens an den Zaun und schaue auf den Ententeich und seine vielen Wasservögel, die miteinander ihren Spaß haben und sofort ans Ufer schwimmen, wenn man näher kommt. Oder ich betrachte etwas aus Distanz das Pausentreiben und frage mich, worüber die Lehrkräfte, die aus der Ferne natürlich und locker wirken, wohl gerade reden. Ich male mir aus, dass es über uns Schüler oder den nächsten Urlaub in den Ferien geht. Herr Keck wirft seinen Apfelrest im hohen Bogen in Richtung Teich. „Er ist doch der Kernigste von allen", denke ich. „Na ja, er ist ja auch Sportlehrer."

Plötzlich hört man laute Stimmen und Geschrei. Eine Traube von Kindern bildet sich bei den Mülltonnen. Mehrere laute Pfiffe aus der Trillerpfeife lassen auf Ernsteres schließen. Die Pausenaufsicht hat bemerkt, dass sich zwei Schüler prügeln. Es scheint ein ziemlich erbitterter Kampf zu sein. Das ist gegen die Pausenordnung, für deren Einhaltung Herr Keck als Aufsicht jetzt verantwortlich ist. Er geht - nein - er läuft auf die beiden Kampfhähne zu. Packt zuerst Heiner am Kragen und zieht ihn, wie eine ungehorsame Katze zu sich vom Boden hoch. Dabei brüllt er ihn an mit dröhnender, über den ganzen Schulhof schallender Stimme. Alle Augen der dabei stehenden Kinder sind wie bei einer Theateraufführung auf die Dreiergruppe gerichtet. Herr Keck und Heiner stehen sich mit roten Köpfen einen Augenblick, wie ungleiche Kampfhähne gegenüber. Die schneidende laute, fast schreiende Stimme des Lehrers hat sich mir eingeprägt. „Du bist ja ein ganz durchtriebenes und hinterhältiges Subjekt. Du bist ja ein ganz, ganz schlimmer Bursche." Dabei schleift er meinen Freund an einem Ohr einige Meter über den Schulhof. Dann schlägt er ihm rechts und links die feiste Hand mit den kleinen dicken Fingern ins Gesicht. Einmal - zweimal - dreimal. Heiner blutet am Ohr. Ist die Verletzung durch den Kampf mit dem anderen Jungen oder durch die „pädagogische Maßnahme" des Herrn Keck entstanden? Nichts Versöhnliches ist in der Miene dieses Mannes zu erkennen. Er ist nur noch gewalttätiger Vollstrecker. „Scher dich fort, ich kann dich nicht mehr aushalten, du Lump." Schreit er noch einmal.

Heiner hat alles wortlos über sich ergehen lassen. Nun geht er weg. Wie von jeglichem Gefühl entleert. Sein Gesicht ist rot. Von den letzten Schlägen oder vor Scham. Er bleibt bei den Mülltonnen. Dort steht er noch länger und schaut nach unten. Der Kreis der jungen Zuschauer löst sich auf. Der andere, auch an der Auseinandersetzung Beteiligte, kommt mit einem Verweis davon und wird fortgeschickt. Er war still, als Heiner vom Lehrer geschlagen wurde. Verwundert, überrascht? Vielleicht auch bedacht, seinen Vorteil auszunutzen. Jetzt trollt er sich davon.

Die anderen Lehrer haben während dieser Aktion weiter miteinander geklönt. Als Lehrer Keck in die Runde zurückkehrt, streicht er sich die Locken aus der Stirn. „Ein schlimmer Bursche, dieser Lenski", sagt er mehr zu sich selbst als zu den Kollegen. Dann pfeift er kräftig in alle Richtungen. Man geht wieder in die Klassen.

Die vierte Lehrkraft kommt in meiner Erinnerung zu kurz. Mit ihr habe ich kaum etwas zu tun. Sie unterrichtet die beiden ersteren Klassen. Eine jüngere freundliche Frau. Später, als ich zu Frau Zweigner schon Margret sage, erzählt sie mir, dass Frau Bügel damals allein erziehende Mutter war. Sie hatte einen niedlichen kleinen Sohn.

Das Geburtstagsfest

Am 23. Juni Ist im Heim ein großer Tag. Da feiert man ein Sommerfest. Noch dazu hat der Heimleiter Geburtstag. Was liegt näher, als beides miteinander zu verbinden. Wenn das Wetter mitspielt, findet das Fest draußen unter dem dichten Laub der alten Eichenbäume statt. Um sicher zu gehen, dass auch bei Regen gefeiert werden kann, hat man vorsorglich Planen über Gestelle gespannt. Mit Aufbauen und praktischen Vorbereitungen wird schon am frühen Morgen begonnen. Unter Leitung des Hausmeisters wird geräumt, getragen und hingestellt. An dieser Aktion beteiligen sich alle Gruppen. Die älteren Kinder schleppen Stühle und Tische. Patente Mädchenhände verbergen mit weißem Papier, das sie zu Decken zuschneiden, die zahlreichen Kerben und hässlichen Stellen auf den Schultischen. Tassen, Teller und Kuchengabeln werden aus der Küche geholt. Auch die sonst unfreundlichen und wenig entgegenkommenden Küchendamen reißen sich diesmal zusammen und haben zahlreiche Bleche mit Streuselkuchen und Bienenstich gebacken.

Eine Bühne, aus Brettern und Holzelementen irgendwann fabriziert, bildet den Mittelpunkt. Darauf führen ältere Zöglinge unter Anleitung ihrer Erzieher kurze einstudierte Sketche auf. Oder man begibt sich als ganze Gruppe dort hinauf. Steht konzentriert da, wie für ein Foto und bildet eine Chorgemeinschaft. An der Seite eine dirigierende

Erzieherin mit extra weißer Schürze und singt: „Im Frühtau zu Berge, wir ziehen, vallera" oder ähnliches Volksliedergut.

Weil ich am gleichen Tag wie der Heimleiter Geburtstag habe, bezieht man mich in die Festivitäten mit ein. Einer der Höhepunkte ist meine „Ehrung". Heimleiter Grafenberg ruft mit Hilfe des Megaphons von der Bühne: „Bodo", „Bodo". „Bodo, komm doch mal her." Ich tue jedes Mal so, als sei ich bei seiner Aufforderung überrascht. Das gehört zum Ritual dieser jährlichen Geburtstags-Sommerfeste. Ich soll denken: „Nanu, was will denn wohl der Herr Grafenberg von mir?" Doch ich bin auch kleidungsmäßig auf diesen kleinen Auftritt vorbereitet. Von Frau Zweigner oder Herrn Schmieder, je nachdem wer von beiden an diesem Tag gerade Dienst hat, habe ich einen Anzug aus dem Sonntagssachen-Schrank bekommen. Ich glaube, es ist der alte schwarze meines Vaters, mit dem er oft zum Schiffer-Betriebsverband oder zur Reederei in die Stadt gegangen ist, um danach in irgendeiner Kneipe mit Kameraden zu versacken. Die alten Sachen, zu denen auch dieses Bekleidungsstück gehört, sind irgendwann mal in einem Pappkoffer auf abenteuerlichem Wege nach Monaten in Mühlenbach eingetroffen. „Dem Bodo seine Privatsachen sind endlich angekommen", sagt Frau Zweigner eines Tages. „Dann kann doch der Bodo seinen eigenen Anzug beim Geburtstag vom Herrn Grafenberg anziehen." Das sagt sie zu ihrem Kollegen Schmieder, und der nickt nur dazu.

Diesen besagten Anzug werde ich später noch als Lehrling im Elektrizitätswerk tragen. Was für die gute Qualität des Stoffes spricht. Vater war mit mir als kleinen Jungen zum Maßnehmen beim Schneider gewesen. Damals passte der Anzug dem etwas korpulenten Mann wie angegossen. Dagegen sehe ich nun in ihm wie ein magerer Stehgeiger ohne Instrument aus. Dieses Kleidungsstück ist sozusagen eine Art Familiennachlass. Übrig geblieben von der schwimmenden Heimat, die unser Schiff für uns war, und mir deshalb auch ans Herz gewachsen. Mein Vater, von dem ich sonst wenig besitze, hat darin gelebt und gelitten. Etwas von seiner Person ist darin bewahrt und wird von mir damals noch gespürt. Aber der andere Koffer, ein kleiner Kinderkoffer, der mir noch lieber war, bleibt für immer verschwunden. Mit allen meinen Micky-Maus-Heften, von der ersten Ausgabe von 1951 an. Aber hier im Heim hätten mir diese Hefte doch keine Freude gemacht. Das Lesen und Anschauen von Comics ist verboten. Wer dabei erwischt wird, dem werden sie mit Schimpfen und harten Erzieherworten weggenommen. Meistens nicht, ohne ihm vorher heftig rechts und links um die Ohren gehauen zu werden, so dass er sich duckt und die Arme schützend über seinen Kopf legt. Im Grunde bin ich deshalb froh, dass meine Hefte nicht mehr da sind, und ich so nicht in Versuchung komme, sie anzugucken. Obwohl ich ihnen erste Erfolge im Lesen zu verdanken habe. Hab Dank, USA; hab Dank Walt Disney!

Ich trage also auf diesem doppelten Geburtstagsfest den Anzug von Vater. Meine Arme sind für dieses Kleidungsstück aber nicht lang genug, und die Heimnähstube gibt sich mit dem Kürzen der Ärmel von Privatsachen gar nicht erst ab. So schlottert alles ein wenig, aber doch auffällig genug, um nicht mehr schick auszusehen. Da sitze ich also in der Nähe der Bühne und warte auf meinen kleinen Auftritt: Schmal, mit einem alten Anzug bekleidet und mit Wasser angeklatschten, nach hinten gekämmten Haaren. Eine Tolle, wie sie Elvis Presley trägt, habe ich auch nicht. Deshalb hinterlasse ich wohl auch keinen bleibenden Eindruck auf die vier oder fünf knackigeren Mädchen, die von allen Jungen begehrt, aus der größeren Schar des weiblichen Geschlechts im Heim herausragen.

Aber Achtung: Der Heimleiter steht auf dem Podium. Er hat mich gerufen, und ich stehe nun, mit leicht nach vorn geneigtem Oberkörper, devot vor ihm. Er spricht mich vor dem versammelten Heimpublikum persönlich an: „Bodo, ich möchte dir zu deinem Geburtstag gratulieren und für dein neues Lebensjahr weiterhin so viel Fleiß und Eifer wünschen, wie du bisher gezeigt hast." Heimleiter Grafenberg spricht laut, als würde jedes Wort bleibenden, erzieherischen Wert besitzen. Er ist ein guter, überzeugender Redner und tritt auch mit der entsprechenden Gewichtigkeit auf, die den Eindruck erweckt, dass das, was er sagt, für alle von Bedeutung ist. Diese Kinder aus problematischen Verhältnissen sollen auch eine Vorstellung davon bekommen, was im Leben wichtig ist. Dazu sind Geburtstagswünsche ohne Frage äußerst nützlich. Außerdem kommt noch hinzu, dass ich als einer aus ihrem Kreis Strebsamkeit und Lerneifer durch meine Person verkörpere. Ein guter Anschauungsunterricht also. Dazu passt dann auch mehr oder weniger meine Entgegnung: „Danke, Herr Grafenberg, ich möchte Ihnen ebenfalls gratulieren", sage ich im Brustton der Überzeugung laut und tief. Aber ein bisschen einfallslos, wie mir heute scheint. Wir reichen uns die Hände. Ich behalte den Winkel der Neigung bei. Doch das ist sicher nicht nur meiner unterwürfigen Einstellung Persönlichkeiten gegenüber zuzuschreiben, sondern kommt auch von meiner skoliotischen Wirbelsäule. Allerdings wird diese Fehl-haltung erst sehr viel später festgestellt und medizinisch verortet. Frau Zweigner sagt überrascht, wenn sie mich im Turnhemd sieht: „Bodo, du hältst deine linke Schulter so schief." Auch meine Tante Toni, die ich später regelmäßig besuche, wird darauf aufmerksam und runzelt die Stirn: „Bodo, du musst dich gerade halten." Sie fügt noch den altbekannten militärischen Ratschlag hinzu: „Bauch rein, Brust raus." Lächelt ein wenig und sagt versöhnlicher:

Ich möchte ja nur, dass du daran denkst." Das hat zur Folge, dass ich immer, wenn ich daran denke, mich wie eine Marionette, deren Lebendigkeit von einem anderen, nämlich dem Marionettenspieler, abhängt, plötzlich aufrichte. Was zwanghaft, verkrampft und überhaupt nicht locker wirkt.

Erzieher Schmieder lässt an diesem Tag kaum ein Ereignis aus, um mit seinem Fotoapparat wie ein Reporter von der Regionalpresse Aufnahmen zu machen. Dabei hat er schon die Heimchronik im Blick, die er mit Berichten und Bildmaterial dieses besonderen Tages reichlich füttern will. Ein festzuhaltender Moment ist auch das Überreichen eines Geschenkes der Heimleitung an mich. Einmal habe ich einen Rechtschreib-Duden mit Widmung bekommen:

„Für den strebsamen Bodo zur Erinnerung.
Dein Theophil Grafenberg, Heimleiter"

steht in gut lesbarer Druckschrift auf der ersten Seite. Theophil Grafenberg bekommt von mir in diesen Jahren leider nie etwas geschenkt, obwohl er ja ebenfalls ein Geburtstagskind ist. Auf die Idee bin ich überhaupt nicht gekommen. Warum weiß ich nicht. Es scheint mir keine gleichwertige Ebene zu sein. Er, Grafenberg, agiert als Heimleiter auf der Bühne des Lebens und lässt seine Sonne über uns Zöglinge scheinen. Wir dagegen, haben den Part der Gräser und Pflanzen zu spielen, die im Lichte seiner Sonne wachsen und gedeihen. Darf das Gras der Sonne ein anderes Geschenk machen, als sich unter dem Licht zu freuen, zu entwickeln und dankbar zu sein? Er erwartet wohl auch kein Geschenk von mir. Ich habe ja kein Geld. Taschengeld gibt es vom Heim nicht. Wenn man etwas Geld für den persönlichen Bedarf besitzt, dann hat man es höchsten von Angehörigen geschenkt bekommen. Mit solchen spendablen Angehörigen kann ich nicht aufwarten. Meinen Job beim Dorfarzt habe ich erst ziemlich zum Schluss meines Aufenthaltes in Mühlenbach bekommen. Wie es dazu gekommen ist, möchte ich an dieser Stelle passenderweise erzählen.

Dort am Honoratiorentisch sitzt der Landarzt Dr. Wolf mit seiner Frau im Kreis des Heimleiters und der anderen Lehrkräfte, jeweils mit ehelichem Anhang, sofern vorhanden. Auch ein ehemaliger Erzieher und ein früherer Praktikant haben sich zum festlichen Anlass eingefunden und lassen die Vergangenheit im Gespräch wieder aufleben. Dr. Wolf ist im Nebenamt der zuständige Heimarzt, der die Neuankömmlinge untersucht und bei Not- und Unglücksfällen hinzugezogen wird. Er ist im angeregten Gespräch mit Elvira Zorn vertieft, die als Hausdame für organisatorische Aufgaben, wie auch die Organisation von Heimfesten zuständig ist. Sie hat häufig mit dem Arzt zu tun, weil ihrer Regie auch die kleine Krankenstation des Hauses untersteht. Zwischen den Sprechstunden nimmt der Mediziner im Heim das Mittagessen ein. Damit er nicht so allein an den langen Tischen in der Festhalle sitzen muss, gesellt sich gern die Hausdame zu ihm. Auch der Arzt findet, dass es sich in Gesellschaft besser speisen lässt, als allein in der Praxis, die in einem einfachen Mühlenbacher Siedlungshaus aus den 30er Jahren untergebracht ist.

Irgendwann, nachdem ich schon längere Zeit in Mühlenbach bin, werde ich mit Dr. Wolf persönlich bekannt. Das hat folgenden Grund: In seine Sprechstunde kommen jüngere und ältere Menschen, Hausfrauen und Mütter mit Kindern. Sie müssen manchmal viel Geduld mitbringen. Denn es passiert häufig, dass der Arzt während der Sprechstunde zu Patienten gerufen wird. Dann steigt er in seinen alten Ford Taunus und fährt schnell mit seiner Arzttasche zu ihnen. Nach solcher Fahrt über Landstraßen und Feldwege, zwischen den Dörfern bei jedem Wetter,kann es schon passieren, dass sein Wagen von Kot bespritzt und unsauber zurückkommt. Und in diesem unzulänglichen Zustand wieder auf seine Wiese hinter dem Siedlungshaus abgestellt wird. Aber das ist nicht gut. Denn so ein schmutziges Auto ist kein erbaulicher Anblick für die Patienten und auch für ihn als Schöngeist nicht. Deshalb sucht er jemand Zuverlässigen, der sein Auto putzt und sich vielleicht auch noch um den Rasen kümmert. Er hat dabei an einen bedürftigen Jungen aus dem Heim gedacht. „Die wollen sich doch gern ein paar

Mark verdienen", sagt er zu Frau Zorn, während er seine Erbsensuppe mit Bockwurst löffelt und findet, dass sie ziemlich gut schmeckt. Er wäre auch bereit, den Jungen, wie ein Meister anzuleiten. Dann würde derjenige schon lernen, worauf es bei der Arbeit ankommt. Der Hausdame fällt da jemand ein. Sie würde gleich mit Frau Zweigner von der größeren Jungengruppe sprechen. Da ist doch dieser Bodo, der so spät in die Schule gekommen ist. Der hat mal auf einem Schiff gelebt. Da hat er doch sicher auch mithelfen müssen, das Deck zu schrubben. Dann wird er auch ein Auto waschen können, zuverlässig soll er ja sein. Und Rasen mähen, lernt der auch noch.

So komme ich zu Dr. Wolf und werde über die eben beschriebenen Tätigkeiten hinaus, auch immer mal wieder an einem Wochenende zum Telefondienst angefordert. Wenn der Arzt seinen Bereitschaftsdienst hat, und er mit dem geputzten Auto wieder über die Landstraßen fahren muss, sitze ich gemütlich im oberen Stockwerk des Siedlungshauses über seiner Praxis und nehme die Telefonanrufe entgegen: „Guten Tag, Doktor Wolf ist gerade unterwegs. Nein, ich weiß nicht, wann er zurückkommt. Er hat mehrere Patienten zu besuchen. Das kann schon etwas dauern. Aber nennen Sie mir bitte Ihren Namen, die Adresse und die Telefonnummer. Dr. Wolf ruft mich zwischendurch an, und ich teile ihm alles mit. Er wird dann zu Ihnen kommen." Nachdem ich aufgelegt habe, stelle ich den Fernseher lauter. Manchmal ist wenig los. Autowaschen und Rasenmähen sind anstrengender als diese Tätigkeit eines Telefonisten.

Den Lack seines Wagens muss ich vorsichtig behandeln; manches einfetten und polieren. Auch mit dem Rasenmähen allein ist es nicht getan. Danach wird das Gras zusammengeharkt und die Kanten beschnitten. Einmal habe ich nur „Herr Wolf" zu ihm gesagt. Einfach so, ohne Titel, weil er mir nach Monaten schon vertrauter geworden zu sein schien. Er, wohl nicht in bester Laune, reagiert gereizt: „Herr Doktor Wolf bitte! Ich habe meinen Doktortitel nicht auf dem Jahrmarkt gewonnen." Ich zucke zusammen. „ Ach so, das muss man immer sagen", denke ich. Seitdem sage ich den Titel bei Titelträgern fast automatisch mit. Was dann später auf der Universität wieder ungewöhnlich ist und als konservativ gedeutet wird. Man lässt dort gern die Titel weg, da es zu viele Titelträger in actu und in spe gibt. Manchmal ist Dr. Wolf besser drauf, dann erzählt er von den Dingen, die er so weiß. Von Helios zum Beispiel: „Weißt du, wer Helios ist? Das ist der griechische Sonnengott. Er fährt mit einem Sonnenwagen bei Tag über den Himmel. Vielleicht lernst du das ja nochmal später." Er mag mein Interesse. „Was hast du heute im Fernsehen gesehen?", fragt er gern, wenn er von den Bereitschaftsdienstfahrten zurückkommt. Es muss ein Film gewesen sein. Gibt wohl damals auch schon etwas Werbung. Dr. Wolf hat hierzu auch eine individuelle Meinung. „Die Werbung, das ist das Beste vom ganzen Programm, die musst du dir ansehen. Um sich so was auszudenken, dafür braucht man Phantasie und Köpfchen", wobei er mit dem Zeigefinger gegen seinen Schädel pocht.

Seine Frau fährt das Auto an diesen Wochenenddiensten. Sie hat Kuchen gebacken. Ich bekomme davon etwas hingestellt. Am Spätnachmittag werde ich entlohnt. Es gibt acht Mark, weil ich am Sonnabend noch das Auto gewaschen habe. Der Arzt bedankt sich mit guten Worten für meine Hilfe. Er ist auch eine Vaterfigur. Doch ich habe schon andere Väter, mit denen ich in dieser Zeit häufiger zu tun habe. Das verdiente Geld zahle ich bei Arthur Schmieder ein, der verwaltet die Gruppenkasse für uns Zöglinge. Bald schon sind dreißig Mark zusammen, bald fünfzig. Anfangs kaufe ich mir kaum etwas dafür. Ich habe ja in Mühlenbach alles was ich zum Leben brauche. Als ich als Einziger Ausgang bekomme und ins Kino gehen darf, bezahle ich davon die Eintrittskarten.

Wie gesagt, in der ersten Zeit im Heim hatte ich den Job beim Doktor noch nicht. Habe also kein Geld, um mich beim Heimleiter mit einem Geschenk zu revanchieren. Natürlich hätte ich basteln können, um ihm auch eine Freude zu machen. Dazu aber habe ich keinen Mut mehr. Das ist kein Wunder, nachdem mein Erzieher beim Betrachten meines ersten Schiffsmodells aus Holz gesagt hat: „Bodo, bleib du man beim Schreiben und Lesen, du hast doch ‚zwei linke Hände'." Eine Art sich selbst erfüllende Prophezeiung, die mir noch lange einfallen wird, wenn etwas Praktisches oder Handwerkliches getan werden muss.

Wir trinken also an sonnigen Geburtstagsfesten unter den Eichen und bei Regen unter den Planen Kakao und lassen uns den Streuselkuchen schmecken. Das Erziehungspersonal achtet darauf, dass die Reihen mit Mädchen und Jungen gemischt besetzt werden. Sicher soll das zur Einübung eines besser funktionierenden Sozialverhaltens unter den Geschlechtern beitragen. Doch das ist ein bisschen wenig. Sonst werden nämlich im Heimalltag jegliche Kontakte zwischen der Jungen-und Mädchengruppe rigoros unterbunden. Aber heute darf man mal für die Fotos Polonaise miteinander tanzen.

Es ist schön, wenn man dabei die Hand eines Mädchens, das man mag zu fassen bekommt. Oder sich plötzlich mit ihr als Paar unter einer Armbrücke hindurch zwängen muss. Wir tanzen unter der Leitung des Lehrers Muthesius, der die Polonaise mit seinem Akkordeon in Schwung hält. Ich tanze auch - mit Anne-Grete. Sitze gern bei Festen neben ihr. Aber noch besser finde ich es, wenn ich ihr gegenüber sitze, damit ich sie ansehen kann. Sie ist etwa so alt wie ich. Groß, schlank, mit einem blonden Bubikopf. Heute trägt sie ein schwarzes Kleid, das ihr gut steht. Ihr schlanker Hals wird von einer Kette mit kleinen Perlen geschmückt. Außerdem weiß ich, dass sie gut in der Schule ist, weil ich mit ihr im gleichen Klassenraum unterrichtet werde. Allerdings geht sie schon in die sechste. Ich dagegen bin ja erst in der fünften und kann noch gar nicht an allem teilnehmen, weil ich so viel nachzuholen habe. Besonders das fehlerfreie Schreiben fällt mir schwer. Ich schreibe die Wörter nämlich so, wie ich sie höre. Dadurch entstehen beim Diktat eine Menge Fehler im Schulheft. Auch längere Zeit noch sind die Seiten von der Korrektur so gut wie ganz rot. Doch ich werde dafür von meiner Lehrerin nicht wie die Anneliese hinter die Esse gesetzt, sondern ermutigt: „Bodo hat sich in den paar Wochen, in denen er bei uns ist, schon sehr verbessert." Anne-Grete hat mir an meinem ersten Schultag bei Frau Grafenberg sogar meine Hefte beschriftet, weil ich überhaupt noch nicht schreiben konnte.

Als Anne-Grete und ich an diesem 23.Juni bei Kakao und Kuchen zusammensitzen, reden wir kaum miteinander. Aber ich halte dieses Schweigen gut aus. Ich fühle mich diesem Mädchen nah und verbunden, auch ohne Worte. Sie muss im Heim sein, weil es zu Hause nicht mehr geht. Auch ich habe dieses Schicksal. Bemüht habe ich mich um ihre Freundschaft nicht weiter, weil ich keine Probleme mit den Erwachsenen haben will. Denn es ist ja auch verboten, Kontakte zur Mädchengruppe zu pflegen.

Als die Festlichkeiten vorbei sind, räumen wir wieder auf. Dann kommt auch schon das Abendbrot aus der Küche. Die wollen nach einem solchen vollen Tag bald Feierabend haben. Heute Abend sind wir sehr müde und schlafen nach dem Gute-Nacht-Sagen schnell ein.

Die Singstunde

Einmal im Monat, gleich nach dem Abendbrot, geht es in die Festhalle zum Singen. Gruppenweise sitzt man im Raum verteilt. Jeweils vorn hat die diensthabende Gruppenleitung Platz genommen. Außer Herrn Brenner, der diese Veranstaltung leitet und auch noch in der Funktion eines Erziehers für seine eigene Jungengruppe verantwortlich ist, zwei weitere Damen, die als Erziehungspersonal an ihren weißen Schürzen zu erkennen sind. Die dunklen holzgetäfelten Wände und die schweren dichten Vorhänge dieses ehrwürdigen Raumes schlucken viel Licht. Deshalb bemüht man sich, durch das Anschalten aller nur denkbaren Lichtquellen, etwaige unsichere und dämmerige Bereiche, in denen Ungezogenes geschehen könnte, auszuschalten. Aber trotz dieser Vorsorge, wird schon das Warten auf den Beginn dieser kleinen, wenn auch vom künstlerischen Niveau hier sehr bescheidenen Veranstaltung, von einigen Störungen verunstaltet. Einige vom Bewegungsdrang getriebene unruhige Geister können ihre Beine nicht mehr länger ruhig halten. Sie stoßen in immer kürzer werdenden Intervallen - absichtlich oder unabsichtlich - ihren Vordermann an. Die Erziehungpersonen unterstellen bei diesem Bewegungsschub meistens sofort böse Absicht. Die aber, wie man heute weiß, auch ein krankheitsbedingtes Verhalten sein kann und dann durchaus verständlich und zu entschuldigen ist. Doch an diesen Abenden und dieser Zeit, von der ich schreibe, weiß man das alles noch nicht. Die Erwachsenen machen sich ihren eigenen Reim darauf. Sie sprechen nicht von Krankheit und Bewegungsstau oder sogar von einem Aufmerksamkeitsdefizit-Hyperaktivitätssyndrom, sondern nur von Ungezogenheit. Und von Frechheit und Rüpelhaftigkeit, wenn es schlimmer kommt. Was wohl mit einem gewissen negativen Bild vom jungen Menschen und seinen Beweggründen allgemein zu tun hat.

Wenn die anderen Erwachsenen nichts mitbekommen oder sich für den ungestörten Ablauf des Singabends nicht verantwortlich fühlen, was auch vorkommt, so ist es Herr Brenner selbst, der für die innere störungsfreie Bereitschaft zum Singen sorgt. Plötzlich bewegt er sich langsam auf einen Stuhl mit einem Kind zu, meistens einen Jungen, indem er weiter dirigierend den Arm schwenkt. Alle singen – mehr oder weniger angespannt – das begonnene Volkslied weiter, zum Beispiel im Monat Oktober „Bunt sind schon die Wälder, gelb die Stoppelfelder und der Herbst beginnt". Da macht es plötzlich „klatsch" und vielleicht noch ein zweites Mal „klatsch". Der Bursche, der eben noch sein Gesicht fratzenhafte verzieht, so dass diejenigen auf der anderen Seite, die verurteilt sind, ihn anzublicken, mit dem eigenen Loskichern kämpfen müssen, hält sich danach die Backe, die sich rötlich verfärbt. Es sei dahingestellt, ob aus Scham oder durch die zwei heftigen Backpfeifen. „Rote Blätter fallen, graue Nebel wallen, kühler weht der

Wind", geht es harmonisch und passend weiter. Herr Brenner lässt sich durch seine erzieherische Intervention jedenfalls nicht aus der Ruhe bringen. Er dirigiert unentwegt weiter, wie ein nicht auszuschaltendes Metronom. Dabei behält er seinen milden Gesichtsausdruck bei, so als habe er eben nur nach einer brummenden Fliege geschlagen, die er keiner Gemütsbewegung für wert erachtet.

Ich habe Freude am Singen und lerne gerne Lieder. Kenne ich doch die meisten damals üblichen Volkslieder noch gar nicht. Diese positive Einstellung zum Gebrauch meiner Stimme verdanke ich meiner Mutter. Die hat mir in der engen Schiffskajüte manche Schlager vorgesungen, und ich habe mitgetönt: „Ich steh im Regen und warte auf dich, immer nur dich" oder „Ein Lied geht um die Welt, ein Lied, das euch gefällt". Das Repertoire meiner Mutter, die einen kräftigen Alt sang, stammte überwiegend aus diesen Schlagern ihrer Zeit, die durch sie für mich zu einem bekannten Liedgut wurden. Hier im Heim nun sind es richtige Volkslieder, die wir zu lernen haben. „Lieder, die eigentlich jeder junge Mensch kennen sollte", wie Herr Brenner sagt. Er hat eine Kriegsverletzung an der Hand. Es fehlt ihm ein großer Teil des rechten Zeigefingers. Der verbliebene Stumpf ist verdickt. Dieses Handikap fällt beim Dirigieren besonders auf. Man erzählt sich, dass in seinem Körper noch einige Granatsplitter stecken, die hin und wieder auf Wanderschaft gehen und sein Leben bedrohen.

Man kann sich Herrn Brenner als Soldat ganz gut vorstellen.

Uns gegenüber hat die Mädchengruppe die Stuhlreihen besetzt. Unter den zwanzig mehr oder weniger gut entwickelten Evastöchtern sitzt ein sehr frauenhaftes Mädchen mit einer üppig gelockten Kurzhaarfrisur und einem fein geschnittenen Gesicht mit großen blauen Augen. Sie bildet einen Fixpunkt meiner Aufmerksamkeit. Marie-Louise heißt sie und trägt bei festlichen Anlässen dunkle Pomps. Ich bin in sie bald sehr verliebt. Traue mich aber nicht, ihr das zu sagen oder sogar einen Zettel zu schreiben, wie das andere Zöglinge in vergleichbarer Situation machen würden. Das scheint mir eine gefährliche Sache, weil diese Botschaft leicht in falsche Hände geraten könnte. So singe ich lieber wie eine sehnsüchtige Nachtigall. Allerdings kräftiger und mit tieferer Stimme. Dabei schaue ich sie von Weitem schmachtend an oder blicke aus Protest gerade in eine andere Richtung, beschäftigt nur mit dem einen Gedanken: „Merkt sie denn nicht endlich, dass ich sie mag?"

Jedenfalls zeigt sie es nicht. Einmal treffe ich sie unverhofft vor der Gruppentür. Ich bin vor den anderen, nur mit meiner Unterhose bekleidet, vom Waschraum gekommen, weil ich Tischdienst habe. Sie holt von der Küche mit einer anderen zusammen die Essenskübel mit der Milchsuppe für das Frühstück ihrer Gruppe. Marie-Louise straft mich immer mit Verachtung. Nun muss sie an mir vorbei und bekommt einen roten Kopf, der ihr gut steht. Aber ich bekomme eine Wut, oder tue jedenfalls wütend, um wenigstens ein Wort, das mir gilt, aus ihr heraus zu locken. Deshalb rufe ich hinter ihr her: „Nicht mal vom Waschen kann man kommen, ohne von Mädchen belästigt zu werden." Sie aber geht, ohne ein Wort zu sagen, einfach an mir vorüber und lässt meine bissigen Worte an sich abprallen. Sie ist wohl für mich unerreichbar.

Als meine Liebe zu sehr schmerzt, überwinde ich mich doch und schreibe einen kurzen Brief, in dem ich ihr meine große Zuneigung gestehe. Auf welchem Wege ich ihr diesen Zettel zukommen lasse, weiß ich nicht mehr. Ich glaube Anneliese Vogel, das Mädchen, was so oft hinter der Esse sitzen muss, dient mir als Übermittlerin. Das aber hätte ich nicht tun sollen! Der Heimleiter bestellt mich bald darauf zu sich. Er kommt nicht gleich zur Sache und spricht erst länger freundlich über dieses und jenes mit mir. Dann sagt er: „Übrigens Marie-Louise hat mir erzählt, dass du ihr geschrieben hast, Bodo, und dass sie sich von dir bedrängt fühlt." Nun bin ich es, der einen roten Kopf bekommt. Mir ist alles äußerst peinlich. Herr Grafenberg aber berührt freundlich meine Schulter. „Bodo, du hast noch so viel Zeit, ein gutes Mädchen kennen zu lernen. Marie-Louise ist für dich nicht die richtige. Sie hat schlechte Erfahrungen mit Jungen gemacht. Lass sie man in Ruhe."

Damit hat meine kleine, einseitige Liebesgeschichte ein enttäuschendes Ende gefunden. Ich bin böse auf Marie-Louise und ihr Verpetzen. Hätte sie nicht erst mal mit mir darüber sprechen können oder wenigstens schreiben, bevor sie zum Heimleiter geht. Nun habe ich Angst, dass etwas von dieser peinlichen Angelegenheit in meine Akte kommt. Doch für Herrn Grafenberg ist die Sache vielleicht harmloser als ich damals denke. Und doch fühle ich mich ertappt und der Heimleitung ausgeliefert. Weiß sie doch nun um meine Gefühle. Dass ich auch zu denen gehöre, die Sehnsucht nach einem Mädchen haben. Denn ich weiß, dass es nicht erwünscht ist, Kontakte zur Mädchengruppe zu knüpfen und fürchte die Konsequenzen, die sich daraus für meine Beurteilung ergeben könnten. Denn negatives Verhalten schreibt der Heimleiter in die Berichte und die werden in der Heimakte, die es für jeden Zögling gibt, abgeheftet. Man kann dort noch nach Jahren erfahren, wie sich jemand im Heim betragen hat.

Marie-Louise schlägt von jetzt ab bei den abendlichen Singstunden die Augen nieder. Oder setzt sich gleich so hin, dass sie von anderen verdeckt wird. Bei mir aber sind noch länger Kribbeln und Schmerz der unerfüllten Liebe zu spüren. Bis sie schließlich durch Vernunft und andere Ereignisse schwächer und schwächer werden und irgendwann wohl nicht mehr da sind.

Ein ganz normaler Abend

Die Abende im Heim sind kurz. Nur eine Stunde bleibt nach dem Abendessen zum Spielen und Sich-selbst-beschäftigen. Ich schlendere zum bereits erwähnten Eckschrank, um mir ein Buch zu holen. Oft bin ich erstaunt, dass es in seinem Inneren schon wieder so unordentlich aussieht. Erst vor Kurzem habe ich ihn doch aufgeräumt. Nun ist schon wieder der ehemals akkurat in einer Reihe stehende Bücherstapel umgekippt. Die zusammengehörenden Buchteile liegen in Ecken verstreut und freuen sich, dass überhaupt jemand davon Kenntnis nimmt. Denn außer mir, scheint niemand diese Bücher zu kennen. Oder doch? Meine Kollegen spielen in der knapp bemessenen freien Zeit gern mit kleinen Modellautos. Da gibt es originalgetreue Nachbildungen der bekannten Fahrzeugtypen. Einige Jungen haben diese beliebten Spielsachen von zu Hause mitgebracht. Aber wo fährt man damit herum? Auf dem Fußboden natürlich! Das braune Parkett wird in der Phantasie zur Prachtstraße, die durch das Aneinanderreihen von Bauklötzen vom übrigen Territorium des Gruppenraumes abgegrenzt ist.

Und was sehe ich? Da sind auch Bücher! Besser gesagt, nur Teile davon in unterschiedlicher Dicke. Einige liegen auf dieser Avenue dichter zusammen und bilden Pfeiler der Brücken und Hochstraßen. Andere haben größere Abstände, die mit abgetrennten festeren Buchdeckeln besser überbrückt werden können. Spielzeugautos in Gestalt eines Volkswagen, Porsche und Mercedes passieren diese Bauwerke. Also haben die alten Bücher doch eine Verwendung gefunden; wenn auch eine entfremdete als Baumaterial. Ich aber falle auch hier etwas aus dem Rahmen und tue ihnen noch den unerwarteten Gefallen, sie in ihrer ursprünglichen Funktion zu benutzen. So setze ich mich also an einen der Tische und beginne zu lesen.

Heute Abend hat jeder seine Beschäftigung. Einige spielen Schach oder lassen die kleinen Autos, von denen ich eben gesprochen habe, herumsausen. Andere phantasieren sich Landschaften von Straßen und Häusern aus herumliegenden Spielsachen zusammen. Bei Weiteren entwickelt sich aus harmonischem Spiel plötzlich ein heftiger Wortwechsel, der bald in eine Balgerei mündet.

Mich lässt man in Ruhe, weil ich durch mein Alleinsitzen und konzentriertes Lesen signalisiere, dass ich beschäftigt bin und nicht gestört werden will. Allmählich steigert sich mein Lesetempo, und ich brauche immer weniger die Finger zum Verfolgen der Wörter. Trotzdem bleibe ich ein langsamer Leser, dem es mehr um das Leben mit dem Gelesenen, als um schnelles Konsumieren des Inhalts mit Blick auf das nächste Buch geht. Nicht immer kann ich mich gut konzentrieren. Es ist nicht ruhig genug. Stimmengewirr, klappern mit Geschirr und andere Geräusche lenken mich immer wieder ab. Wie es so ist, wenn achtzehn Menschen sich in engerer Umgebung aufhalten, was ja besonders an Winterabenden der Fall ist. Wenn keiner draußen spielen kann.

Wir alle haben unsere festen Tätigkeiten, die man „Ämter" nennt. Sie verteilen sich über die schulfreie Tageszeit. Auf der Veranda stapelt der Abwaschdienst lautstark die Teller vom Abendessen und spült das Geschirr in der, mit Wasser gefüllten Emailschüssel. Zwischendurch hat einer die Idee mit der Abwaschbürste nach dem Abtrockner zu schlagen, was wiederum Lärm und Geschrei verursacht, weil der Angegriffene sich natürlich wehrt. Wer seine Arbeit morgens oder nachmittags getan hat, ist nun besser dran und hat mehr Freizeit. Oft lässt sich abends der Tischabwischer viel Zeit, um die verschmierten und mit Speiseresten bedeckten Tischplatten zu säubern. Dabei schneidet er gern Grimassen oder lässt das extra übertrieben nass gemachte Wischtuch einem, der noch am Tisch Sitzenden, plötzlich wie ein Lasso vor die Brust schnellen. Das gibt natürlich Protest, und Frau Zweigner oder Herr Schmieder, die an einem extra Tisch sitzen, blicken streng auf. Jeder der Kameraden arbeitet in der ihm gemäßen Weise. Einige sind husch, husch fertig mit den Tischen. Doch zeugen kleine Wasserinseln oder Speisereste von wenig Gründlichkeit. Die Folge davon ist, dass Frau Zweigner sie noch mal von vorn mit der Arbeit beginnen lässt. Andere kommen nicht vom

Fleck, bringen sich dabei um ihre Freizeitstunde und sind kurz vor dem Schlafengehen immer noch nicht fertig mit Ihrem Geschäft. „Schlaf nicht dabei ein!", sagt dann der Dienst habende Erwachsene.

Wenn man sich zum Lesen an einen Tisch setzen möchte, muss man erstmal prüfen, ob er sauber und trocken ist. Ständig rennen vom Bewegungsdrang gepeinigte Jungen herum, halten sich an diesen Möbelstücken fest, die dann fast ihren Standort wechseln und vor dem Umkippen stehen. Oder Sie schlittern über das blank gebohnerte Parkett. Jagen und stoßen sich, so dass Frau Zweigners Stimme laut, schrill, hart und genervt durch den Raum schallt.

Sie bleibt nach dem Abendbrot gern in der gemütlichen Ecke unter den Landschaftsfotografien sitzen, die ihr Kollege und Hobbyfotograf Arthur Schmieder gemacht hat. Dabei hat sie mehrere Stapel Unterwäsche vor sich liegen, die aus der Zentralwäscherei der Jugendbehörde gekommen sind und die sie auf Mängel und Verschleißerscheinungen untersuchen muss. Wenn sie sich nicht mit Wäsche beschäftigt, spielt sie mit einigen Jungen Rommé oder Canasta. Man hört dann diese kleine verschworene Gemeinschaft lachen und über das Spiel sprechen. Es sind fast immer dieselben, die mit Margret Zweigner Karten spielen. Ich werde gar nicht erst gefragt, ob ich mitspielen will, bemühe mich selber auch nicht, sondern lege eher eine uninteressierte Haltung an den Tag, die besagt: „Nein, ich mag nicht mitspielen, weil ich andere Dinge zu tun habe."Das nimmt man mir auch ab. Aber trotzdem wäre ich gern gefragt worden. So bleibe ich zum Lesen, Denken und Beobachten allein sitzen. Schaffe mir mit diesem Image des ewigen Lesers und Denkers einen gewissen Freiraum, durch den das Außen mit seinen anderen Anforderungen etwas abgefedert wird. Spielen, auch Kartenspielen, ist eben jetzt für mich noch nicht dran. Erst Schreiben, Lesen, Rechnen. „Und wann ist es dran, das Spielerische?", frage ich mich manchmal selbst. „Später, wenn ich alles andere kann", rede ich mir ein. Ohne selbst davon so richtig überzeugt zu sein.

Dienstwechsel

Es ist Mittagszeit. Herr Schmieder kommt mit forschen Schritten in den Tagesraum. Alle blicken auf: „Aha, Dienstwechsel. Die Zweigner wird abgelöst und geht nach Hause." Übrigens muss sie nicht weit gehen. Sie bewohnt ein Zimmer im oberen Stockwerk. Einige begrüßen sofort den beliebten Erzieher, indem sie rufen: „Herr Schmieder, spielen wir heute wieder Fußball?" „Lieber Basketball", ruft ein anderer dazwischen. Ohne auf die vorlauten Fragen einzugehen, spricht der Pädagoge mit seiner Kollegin, die schon ihre Dienstschürze abnimmt. Sie setzt sich wieder hin und beide gehen konzentriert irgendwelche Notizzettel durch. Wahrscheinlich sprechen sie über besondere Vorfälle, die der Kollege für den Dienst wissen muss: Wer war krank, frech oder machte den Lehrern Schwierigkeiten? Thema könnte auch wieder einmal die Behörde sein, die in der Arbeit etwas anders haben will, wovon man in der Praxis nicht begeistert ist. Dann ist Frau Zweigner verschwunden.

Nun hat Herr Schmieder die Gruppe unter seiner Regie. Während der Übergabe-Prozedur haben wir weitergegessen. Aber jetzt ist die Mahlzeit beendet. Die Tischdienst-Leute bringen das schmutzige Geschirr auf die Veranda, wo es dann später abgewaschen wird. Doch aufstehen darf man noch nicht. Erst muss der Erzieher „Mahlzeit" gesagt haben. Aber es geht heute nicht so schnell weiter.

„Kommt erstmal alle wieder rein. Lasst das übrige Geschirr auf den Tischen." Wenn Herr Schmieder etwas Wichtiges anzusagen hat oder meint, etwas von seinen Erfahrungen sei für die ganze Gruppe wichtig, lässt er sie länger als üblich sitzen bleiben. Er nimmt dann gern die Gelegenheit wahr, über seine Hobbys zu dozieren und über das, was ihm sonst noch erzählenswert erscheint: Das ist die Fotografie, alles was mit dem Auto zu tun hat, der Sport und - nicht zu vergessen, ein ganz wichtiges Thema - das Nichtrauchen.

Die Freude am Fotografieren teilt er mit Heimleiter Grafenberg. Beide benutzen die hauseigene Dunkelkammer. Dort werden Filme entwickelt und Abzüge und Vergrößerungen angefertigt. Sicher ist sie einmal zum Nutzen der Zöglinge als pädagogisches Projekt gedacht gewesen. Aber kaum jemandem traut man die Fähigkeit zu, sich damit längere Zeit zu beschäftigen. Spricht nur immer davon, wie schön es wäre, wenn sich Leute fänden, die sich für das Fotografieren begeistern könnten. In Wahrheit wird diese Dunkelkammer mit ihren Geräten eigentlich nur vom Heimleiter und Herrn Schmieder benutzt. Manchmal auch noch von dem Erzieher aus der kleineren Jungengruppe. Aber indirekt kommt diese, sicher nicht ganz billige Einrichtung, auf Umwegen doch den Heimkindern zugute, denn auf den Fotos sind neben dem Gutshaus und stimmungsvollen Ferienmotiven auch die Kinder mit abgebildet. Außerdem hängen manche gelungenen Fotos in modischen Holzrahmen in den Räumen und auf den Fluren und geben Zeugnis vom vielfältigen Leben im Heim mit seinen Aktivitäten.

Unser Erzieher versteht es überhaupt gut, mit Überzeugungskraft von den Dingen zu erzählen, die ihn begeistern. Er nennt diese gern seine Hobbys. Ein Wort, das ich vor meiner Heimzeit kaum gehört habe. Jedenfalls nicht so oft. Von Autos, Fotoapparaten und Filmkameras ist die Rede. Von längeren Reisen und Erkundungen der Welt. Von sportlichen Leistungen und Wettkämpfen, die sich in Abzeichen und Medaillen niederschlagen. Von all dem kann Arthur Schmieder berichten. Aber nicht nur als Zaungast, nicht nur vom Hörensagen. Nein. Er ist da Fachmann, er hat da Erfahrung! Er hat fast kaum eine Automarke, keinen Fotoapparat, keine Filmkamera im bisherigen Leben ausgelassen. Mehrfach das Sportabzeichen gemacht. Im Dauerlauf kann er es noch mit jedem Zwanzigjährigen aufnehmen. Letzteres kommt daher, weil er vom blassen, kaum gehen könnenden Kettenraucher von heute auf morgen zum absoluten Nichtraucher geworden ist. Immer wieder hat er trainiert und sich mehr gesteigert. Berge in den Alpen bestiegen, wovon Fotos und Filme bleibende Rechenschaft ablegen. „Also, Jungs, stellt das Rauchen ein. Ihr wisst, wenn ich einen von euch in der Ecke mit einer Zigarette erwische, dann kriegt er die Höchststrafe. Das ist zu eurem Besten. Ihr richtet euch sonst die Lunge zugrunde. Einige von euch kennen noch meinen Freund, den Verwaltungsleiter Herrn Bergmann. Das war ein Kettenraucher. Ich habe ihm oft gesagt, er soll mit dem Rauchen aufhören. Zuletzt ist er qualvoll an Lungenkrebs zugrunde gegangen. Niemand konnte ihm mehr helfen, mit erst 47 Jahren. Ein Jammer. Auch wenn ihr denkt: ‚Der alte Erzieher, der hat gut reden'. Ich weiß, wovon ich spreche: Rauchen ist Gift, am besten ihr fangt gar nicht erst damit an."

Bei diesen Reden lehnt er sich an den Wandschrank, während er das linke Bein vor das rechte stellt. In der Hand hält er seine Spiegelreflexkamera. „Schaut mal her, das ist der beste Fotoapparat, den es im Moment auf der Welt gibt. Dieses Wunder der Technik macht solche scharfen Aufnahmen, die zigmal genauer sind als das menschliche Auge." Er macht eine Pause. Die Gruppe ist still. Einige sind so beeindruckt, dass sie Laute des Erstaunens nicht unterdrücken können. Dann fährt er fort: „Wenn ihr selbst mal Geld verdient, dann spart bloß nicht am Preis bei den Fotoapparaten. Dann bekommt ihr nämlich nur billigen Dreck. Spart lieber länger und kauft euch dann was Vernünftiges, so habt ihr was fürs Leben. Diese Kamera, das ist nicht nur ein Fotoapparat, das ist eine Kapitalanlage."

Auch ich hänge stark beeindruckt an seinen Lippen. Was Herr Schmieder sagt, das ist so etwas wie praktische Lebenskunde. Aber ganz so überzeugt von dem Nutzen dieser Fototechnik bin ich dann doch nicht „Was soll's", denke ich, „wenn ich fotografiere, mache ich meistens nur ein Bild zur Erinnerung." Außerdem, was er immer mit dem Hobby hat. Warum kann nicht der Beruf, den man lernt, auch gleichzeitig Hobby sein? Warum muss man immer noch ganz was anderes in seiner Freizeit machen, das man so wichtig nimmt und was mit dem Beruf gar nichts zu tun hat? Wenn man das muss, folgere ich weiter, dann macht die Arbeit wohl weniger Spaß als das Hobby? Das soll bei mir mal anders sein: Mein Beruf soll auch mein Hobby sein.

Aber Arthur Schmieder ist noch nicht fertig. „Der Heimleiter hat mich gefragt", fährt er fort, „ob ich ihm künstlerische Fotos für seinen Vortrag bei der Behörde machen kann. Der Termin ist schon bald. Ich muss heute Nachmittag noch schnell in die Dunkelkammer den Film entwickeln und Abzüge und Vergrößerungen für ihn machen." „Und was ist mit dem Fußballspiel, Herr Schmieder?", fragt jemand. „Das geht heute nicht", entgegnet der Erzieher. „Schade, wir haben uns so darauf gefreut", rufen einige, wie aus einem Munde. Dann wird Herr Schmieders Stimme lauter: „Ihr dürft aufstehen und eure Schulsachen holen. Mensch, wie ist es schon spät!" Die dienstliche Eile ist nun bei ihm zu spüren. Aber sein durchdringender Bass ertönt noch mal. „Setzt euch am besten gleich wieder an die Tische und macht eure Schularbeiten! Wer stört oder sich in meiner Abwesenheit nicht benehmen kann, der schreibt hundertmal in Schönschrift ‚Ich soll bei den Schularbeiten nicht stören und auch die anderen Gruppenmitglieder nicht von der Arbeit abhalten'."

„Herr Schmieder!" „Was ist denn noch, habt ihr nicht verstanden, dass ihr was tun sollt?" „Herr Schmieder, was ist, wenn wir gar keine Schulaufgaben aufhaben? Dürfen wir dann nach draußen und für uns Fußball spielen?" „Nein, setzt euch ruhig an den Tisch, holt euch ein Buch und lest für euch still. Der Heimleiter ist nebenan im Büro und schreibt Berichte. Er will nicht gestört werden. Ihr wisst, dass er sehr böse wird, wenn ihr zu laut seid." Schnellen Schrittes geht Herr Schmieder in die Dunkelkammer. Er bleibt eine Zeit lang fort. Alle sind verhältnismäßig ruhig, denn sie wissen, dass er nicht mit sich spaßen lässt. Er ist ein Hüne mit großen kräftigen Händen, wobei man nicht ganz sicher ist, ob er nicht auch Gebrauch davon machen kann.

Urlaubsvertetungen

Auch ein Erzieher braucht mal Urlaub und möchte gern verreisen. Wenn er alleinstehend ist, wie Frau Zweigner, fährt er beispielsweise mit einer Freundin zum Bergwandern in die Dolomiten. Ihr Kollege dagegen verreist mit Frau und Sohn lieber an den Comer See zum Wassersport. Doch bevor man losfährt, muss die Vertretungsfrage geklärt sein. Hierfür ist die Heimleitung zuständig, die auf mehr oder weniger geeigneten Persönlichkeiten zurückgreift, die sich bei der Behörde für Vertretungsdienste gemeldet haben.

Plötzlich steht beim Dienstwechsel neben Herrn Schmieder ein fremder Mann am Wandschrank. Er trägt eine Brille mit auffallend dunklem Gestell und hat eine modische Schmalzlocke zum Hingucker seiner Frisur erhoben. Im Gegensatz zu unserem Erzieher trägt er kein Jackett. Die Ärmel seines Sporthemds bleiben halb aufgekrempelt und zeigen kräftige, dunkel behaarte Unterarme. Caesare Pastetta ist jünger als Schmieder. Es ist für uns eine Umstellung, wenn jemand unsere Erzieher im Sommer längere Zeit vertritt. Das wirkt sich auch auf das Gruppenklima aus. Es herrscht größere Unruhe und Gereiztheit unter den Jungen. Vergleichbar mit Raubtieren in Gefangenschaft, wenn der vertraute Wärter fehlt.

Wir machen alle unsere Schulaufgaben. Jeder soll für sich allein arbeiten, obwohl einige zu zweit oder zu dritt am Tisch sitzen. Ich habe einen Einzeltisch ergattert und freue mich über den reichlichen Platz zum Ausbreiten meiner Sachen. Beim Anfertigen der Schularbeiten versuche ich, genau zu sein. Bin dabei vielleicht ein bisschen zwanghaft aus Angst, dass ich was falsch machen könnte. Die Urlaubsvertretung geht von Tisch zu Tisch. Sie schaut interessiert dem Einzelnen über die Schulter. Bei mir bleibt Herr Pastetta länger stehen und lacht: „Du, wie heißt du noch?" Ich nenne meinen Namen und schaue ihn mit dem Füller in der Hand erwartungsvoll an. „Ach ja, Bodo. Also hör mal, warum ziehst du denn jeden kleinen Strich extra mit dem Lineal? Da brauchst du doch viel zu lange, bis du mit den Aufgaben fertig bist." Ich bekomme einen roten Kopf. Es ist mir unangenehm als langsamer Schularbeiten-Macher ertappt zu werden. Hier regt sich jemand über meine Art zu arbeiten auf, der nichts von mir weiß und versteht. Ich nehme es ihm übel, dass er mich für meine Genauigkeit kritisiert. Wobei ich ihm unterstelle, dass er nur etwas anmerken will und bei mir Gelegenheit dazu findet. „Das mache ich immer so", antworte ich gereizt. Habe aber kaum noch Hoffnung, dass meine Erklärung ihn von seiner Meinung, dass ich ein seltsamer Vogel bin, abbringen wird. „Der Strich soll auch wirklich gerade sein und meine Hand zittert leicht", füge ich noch hinzu. Das ist natürlich nur eine Ausrede. Ich will eben alles richtig machen aus Angst vor Tadel. Doch nun bin ich gerade deswegen von diesem Menschen, der mich nicht kennt, und deshalb auch nichts von mir begreift, getadelt worden. „Aha, aha", macht er kurz und geht weiter zum Nebentisch, als würde er denken: „Du Streber, du spinnst ja." Die nächsten Striche ziehe ich rasch freihändig. Sie sehen nun auch besonders schief und verwackelt aus.

Beim abendlichen Duschen läuft es unter Herrn Pastetta auch anders als sonst. Einige treten sich und rutschen dabei auf der glitschigen Gummimatte aus. Verhüllt im heißen Wasserdampf brüllt man sich, so laut man kann, an. Schubst den Nebenmann, hält sich am anderen fest, oder stößt den nackten Körper weg und droht dabei, selbst hinzufallen. Das chaotische Treiben bildet einen extremen Gegensatz zu den Duschgängen bei Zweigner und Schmieder. Vielleicht auch deshalb, weil Herr Pastetta die Namen der Jungen, die am heftigsten balgen und schreien, nicht schnell genug parat hat, um sie zur Ordnung zu rufen. So bleibt ihm nichts anderes übrig, als zahlreiche Ermahnungen und Anweisungen zu schreien, die kaum jemand versteht, oder was ja noch schlimmer ist, nicht verstehen will.

Plötzlich hat er das Gefühl, er müsse nun mit härteren Mitteln dem Treiben Einhalt gebieten. Willkürlich greift er sich einen unter der Dusche heraus, den er für schuldig am Lärm und Chaos hält. „Du!",sagt er, vom Wasserdampf heiser. „Ich weiß nicht, wie du heißt. Du hast eben deinen Nebenmann getreten." „Ich hab nichts getan!", schreit der Angesprochene entrüstet. Erkämpft sich unter einer weiter entfernten Brause einen Platz, in dem er den dort Duschenden wegstößt. Das erneute Geschrei wird durch den hallenden Kellerraum verstärkt. „Der heißt Wolfgang, das ist ein ganz Schlimmer, der kommt gleich nach Bodo", ruft ein anderer in Richtung Vertretungserzieher. Gelächter entsteht. Sie machen sich einen Spaß. Ich finde das gar nicht zum Lachen. Hoffentlich glaubt er ihnen nicht. Nachdem, was ich am Nachmittag mit ihm erlebt habe, scheint er mich nicht zu mögen. Wird er mich nun auch gleich ansprechen und mir irgendeine Schuld zuschieben?

Der als Wolfgang kenntlich Gemachte, wehrt sich, indem er den Denunzianten anschreit: „Halt du mal dein Maul, du hast es gerade nötig, andere anzuschwärzen, du Arschkriecher." Ich sage lieber nichts. Gehe nicht auf die Barrikaden wie Wolfgang, als mein Name fällt. Was soll ich tun, wenn dem Erzieher plötzlich einfällt, mich doch zu verdächtigen? Er kennt uns ja nicht, und ich bin ihm nachmittags doch schon unangenehm bei den Schularbeiten aufgefallen. Aber Herr Pastetta ruft: „Also Wolfgang, komm mal her." Der eben noch Vorlaute wird nun still und trippelt, die Hände schamhaft vor den Unterleib haltend, aus dem Strahl der Dusche heraus in den Gang, wo der Erzieher Ihn in Empfang nimmt. „Die Hände kannst du da vorne ruhig wegnehmen", sagt er spöttisch.

„Ich weiß, dass du da nichts hast." Er muss erst selbst ein wenig glucksen, damit die anderen merken, dass sie mitjohlen sollen. Dann wendet er sich an die Gruppe. „Wolfgang muss eine Strafe bekommen, findet ihr nicht auch?" „Ja, und nicht zu knapp", rufen diejenigen, die auch sonst immer gern mit dem Mund voraus sind. „Komm her, Wolfgang, du bekommst jetzt von jedem deine gerechte Strafe." Caesare Pastetta flüstert einigen der lautesten Schreiern was ins Ohr. Die beginnen zu kichern, wie die Eingeweihten einer Schandtat. Zwei schnappen sich Wolfgang und halten ihn unter Gelächter und Rufen einiger anderer fest. Ein Dritter stellt sich hinter ihm auf und schwenkt seinen nassen Waschlappen. Im Duschraum ist es stiller geworden. Man hört nur die verwunderte Stimme Wolfgangs: „Was soll das nun? Lasst mich los." Der Erzieher steht neben ihm und versucht dem Klang seiner Worte Gewicht und Würde zu geben: „Wolfgang, du hast dich unter der Dusche schlecht verhalten. So bekommst du nun die Strafe der Gruppe zu spüren. Also vollzieht die Strafe an Wolfgang als Gruppe, in dem ihr sie dreimal mit eurem Waschlappen vollstreckt."

Nach einigem Zögern beginnt der Junge, der hinter Wolfgang steht. Er schlägt ihm kräftig dreimal den Waschlappen auf den Hintern. Er schlägt heftig zu, so dass es fast wie Peitschenhiebe klingt. „Au, Auer", ruft der Delinquent. Dann folgt eine zweite Schlageinheit von einem anderen, dann eine dritte. Das ist ein Spektakel. Alles rennt im Wasserdampf erneut hin und her. Der Gezüchtigte hält sich die roten Pobacken. Nach dem vierten oder fünften Jungen gibt Herr Pastetta den Befehl: „Aufhören!" Und er fügt, in dem er sich an Wolfgang wendet, noch hinzu: „Das soll dir eine Lehre sein, dass du dich im Duschraum in Zukunft anständiger benimmst." Dann ist der Spuk vorbei. Die Gruppe geht die steile Kellerteppe nach oben. Man zieht die weißen Nachhemden an und macht sich zum Schlafen bereit.

Caesare Pastetta, der Hilfserzieher, bleibt nur noch wenige Tage. Die Heimleitung soll ihm nahegelegt haben, in seinen früheren Beruf zurückzukehren. Dort hat er viel mit Holz zu tun gehabt.

Es gibt noch eine andere Vertretungskraft, auf die Heimleiter Grafenberg in der Urlaubszeit zurückgreifen muss. Es ist eine ältere Dame mit guten Manieren, die vor Jahrzehnten einmal das Erziehungsfach gelernt hat, aber nur wenig darin tätig gewesen ist. Sie erinnert an ein ältliches Kinderfräulein. Verbessert oft, was man sagt und spricht selbst äußerst gewählt. So wird sie gern nachgeäfft, ohne es zu bemerken. Oder aber, sie lässt es sich nicht anmerken, weil sie dem Konflikt mit einigen aus der Gruppe aus dem Wege gehen will. Ebenfalls scheut sie sich, klare Anweisungen zu erteilen. Wohl aus Angst, dass sie doch nicht erfüllt werden.

Wenn sie sich nach irgendeinem Raum im Heim erkundigt, weil sie sich nicht auskennt, schicken wir sie in die falsche Richtung. Sie ist gutgläubig und geht tatsächlich los. Wir freuen uns darüber, dass wir sie so hochnehmen können. Sie bemerkt das Lachen hinter ihrem Rücken nicht. Nimmt den Quatsch ernst, den man mit ihr macht. Doch gerade das nehmen wir ihr übel. Sie ist so total anders als Zweigner und Schmieder. Die stehen ja mitten im Leben und würden nie in diese Fallen hineintappen. Spätabends und in der Nacht kommt die Gruppe nicht zur Ruhe. Die Vertretungsfrau kann tun, was sie will. Häufig sagt sie mit ihrer Pieps-Stimme: „Seid doch bitte, bitte leise. Ihr müsst schlafen, sonst seid ihr morgen müde." Doch ihre sicher gut gemeinten Appelle nützen nichts und verhallen. Es wird weiter durch den Schlafsaal getobt und mit dem Kopfkissen auf den Vordermann eingeschlagen.

Wenige Tage später kommt Heimleiter Grafenberg in den Gruppenraum und teilt mit, dass unsere Erziehungsvertretung nicht mehr zum Dienst käme. Sie habe einen Nervenzusammenbruch erlitten. Wir nehmen das zur Kenntnis, ohne unsere Betroffenheit zu zeigen. Denn wir haben es ihr schwer gemacht. Dann schiebt der Heimleiter höchstpersönlich bei uns einige Tage Dienst. Vor seiner

Macht, entscheidende Berichte zu schreiben, die Auswirkungen auf unsere Zukunft haben können, schrecken wir zurück. Seine Autorität ist dadurch unangefochten.

Endlich sind unsere richtigen Erzieher aus dem Urlaub zurück. Verlässlichkeit und Ordnung kehren wieder ein. Wir hängen an ihren Lippen, wenn sie braun gebrannt vom Comer See und den Dolomiten schwärmen. Wenn sie das Wandern, Segeln und Fotografieren preisen und die Samen der Wünsche und Sehnsüchte in unsere Gemüter fallen lassen, aus denen, wenn wir einmal erwachsen sind, neue Taten und Ziele entstehen werden.

Weihnachtseinladung

In diesem eindrucksvollen Geschäftshaus haben zahlreiche Reedereien ihre Büros. Es gibt dort eine besonders schöne Treppe. An den Enden des Geländers Schafe, Böcke und Löwen. Ich war ein Kind von ungefähr fünf. Die Eltern hatten sich festgeklönt. Wie das so war, bei den nicht sehr vielen Möglichkeiten, auf dem Schiff mit anderen Leuten zu reden. Sie sprachen wohl über alles Mögliche: Familie, Arbeit, und dass es noch mehr Fracht für die Binnenschiffe geben müsste. Ich war zu klein, um lange zuzuhören. Die Treppe mit ihren Tieren interessierte mich mehr. Rauf und runter rannte ich die Stufen. Schneller, immer schneller, bis ich aus der Puste kam. Bald bei Mama und Papa, dann wieder das Ganze von Neuem. Die Paternoster-Fahrstühle erregten ebenfalls meine Neugier. Männer in schwarzen Anzügen versanken im Boden, andere stiegen still dastehend oder miteinander redend aus der Versenkung auf. Das faszinierte mich. Mehr als die Frau und der Mann, mit denen meine Eltern redeten. Sie hatten meine Cousine Irma Brinkmann mit ihrem Mann getroffen. Die Tochter von Tante Minna, die als klug galt. Sie war eine kräftige junge Frau mit einer braunen Wollmütze, die viel und laut sprach. Ihr Mann hatte eine Glatze und redete weniger. Ich fand, dass er freundlich und interessiert meine Eltern ansah und auch mich, den kleinen Jungen, obwohl er uns kaum kannte. Er freute sich sicher, Verwandte seiner Frau getroffen zu haben. Ich spürte die tadelnde Absicht, als die Lehrerin plötzlich zu mir sagte. „Na, Bodo, hältst du es nicht mehr aus? Lass doch mal deine Eltern ein bisschen mit anderen Leuten sprechen." Sie war wohl von meiner kindlichen Unruhe genervt. Schlagartig war ich still und schaute erschrocken zu Boden. Zog dann aber mit aller Kraft an der Hand meiner Mutter, was bedeuten sollte: „Lass uns doch endlich, endlich weitergehen!"

Diese Cousine und Lehrerin sehe ich erst Jahre später wieder, nachdem ich als 13-Jähriger im Heim gelandet bin. Fräulein Zweigner sagt eines Tages: „Da ist eine Tante von dir, Bodo, die möchte dich besuchen." Tante Minna, die älteste der drei Schwestern meines Vaters, steht plötzlich vor mir. Wir gehen in die Halle, die für die seltenen Besucher der Zöglinge als Aufenthaltsraum dient und nehmen an den alten Tischen Platz, die zum großen Rechteck zusammengeschoben sind. Die Tante hat das Bedürfnis, sich um mein Wohlbefinden zu kümmern und schält mir einen Apfel. Es kommt mir vor wie ein Krankenbesuch. Viel haben wir uns nicht zu sagen. Ich erzähle, wie ich vom Schiff abgeholt wurde. Vom Heinkelroller des Fürsorgers, der mich einfach auf dem Rücksitz mitgenommen hat und nach Recklinghausen brachte. In ein Heim mit abgeschlossenen Türen und einem Zimmer, was mit Etagenbetten vollgestellt war, auf denen Jungen saßen, die kaum sprachen, nur die Zeit mit Karten- und Brettspielen totschlugen.

Ich rede von Vater, der nicht da war, als ich abgeholt wurde, von meiner weinenden, hinter dem Motorroller her schreienden Mutter, nach der ich mich nicht mehr umdrehen konnte, weil ich Angst hatte, vom schnell davonfahrenden Motorrad herunterzufallen. Meine Stimme wird dabei hastig und laut. Aber innen fühle ich mich tot, wie ein tausend Jahre in der Erde liegender Stein. „Du hast gute Eltern", sagt die Tante. „Nur, dass dein Vater das Trinken angefangen hat und deine Mutter zu nervös ist." „Sie haben mir nicht wieder geschrieben", presse ich leiser hervor. „Sie haben viel zu tun auf dem Schiff", antwortet sie. Dann folgt ein unsicheres Schweigen von uns beiden, das Tante Minna mit der Frage beendet: „Aber hier fühlst du dich doch wohl, nicht?" „Ja", kommt es aus mir heraus, wie aus einem Automaten, in den man das passende Geldstück geworfen hat. „Die Leute hier sind sehr nett. Nur, dass ich zu viele Fehler mache beim Schreiben und beim Rechnen." „Du musst lernen, immerzu lernen und nochmals lernen. Das hat Irma auch gemacht." Sie spricht von ihrer Tochter, der Lehrerin. „Die ließ sich vor allem nicht unterkriegen und ging ihren Weg." Die Tante schneidet den Apfelrest mit ihrem Taschenmesser in zwei Teile und reicht mir einen davon, den anderen steckt sie sich selbst in den Mund.

Ich sehe auf einmal, dass ihr Gesicht, wie bei einer alten Indianerin verwittert und zerfurcht aussieht.

Sie war oft draußen an Deck, als sie noch den hohen Schleppkahn hatten. Onkel Emil ist schon vor längerer Zeit gestorben. Mein Vater und er waren wie Brüder. Sie tranken miteinander, wenn sie sich in einem Hafen trafen. Manchmal erzürnten sie sich auch, aber vertrugen sich bald darauf wieder. Wer angefangen hatte, konnte dann keiner von ihnen mehr sagen. „Also versprich mir, dass du viel lernst, damit deine Eltern stolz auf dich sein können." Sie war die Älteste der Geschwister. Ihre Aufgabe bestand darin zu ermahnen. „Das mache ich schon", sage ich gutwillig. Ohne daran zu denken, sie zu fragen, wo sie eigentlich war mit ihren Ermahnungen und ihrer Autorität innerhalb der Familie, als ich noch auf dem Schiff lebte und nicht in die Schule gehen durfte, weil ich mich um meine kranke Mutter und oftmals auch um ihren versoffenen Bruder, meinen unfähigen Vater, kümmern musste. Dann muss die Tante wieder fort. Sie verabschiedet sich etwas in Eile, weil der Bus nur jede Stunde fährt. Ich gehe auf den Hof zurück. Stehe noch eine Weile mit verschränkten Armen da, denke an meine Familie und sehe, dass die anderen Kinder spielen. Ich weiß, dass ich einige Tage brauchen werde, um die Begegnung dieses Nachmittags wieder zu vergessen, was ich als Glück empfinde.

Weihnachten werden mir die Familienbande wieder ins Gedächtnis gerufen. Kurz vor dem Fest bekomme ich eine Einladung von Irma Brinkmann und Anhang, wozu auch Tante Minna gehört. Ich fahre einen Tag vor Heiligabend mit der Straßenbahn mitten durch die Innenstadt in den Außenbezirk, wo die Verwandten wohnen. Einige Stationen fährt zufällig ein Erzieher aus Mühlenbach mit. Ich bin überrascht, als ich merke, dass es Herr Brenner aus der Singstunde ist. Er ist schon älter und steht kurz vor der Pensionierung. Soll er mich etwa beobachten? Er sitzt in der Bahn vor mir: Auf seinem Schoß liegt eine alte lederne Aktentasche. Sie ist ziemlich dünn, und somit wohl fast leer. Sein Dienst ist ja auch beendet. Die Frühstücksbrote, die wahrscheinlich seine Frau ihm vor dem letzten Dienstbeginn mitgegeben hatte, sind wohl bei den Mahlzeiten mit den schreienden unruhigen Jungen im Heim aufgegessen worden. Allmählich komme ich zu der Überzeugung, dass diese Begegnung doch nur zufällig ist. Ich habe nicht gefragt, ob ich mich neben Herrn Brenner setzen soll. Er hat mich dazu auch nicht eingeladen. Nach dem langen Dienst bei zwanzig Elfjährigen ist er sicher auch erschöpft und froh, einmal nicht mit einem Heimjungen sprechen zu müssen. So sitze ich hinten allein in der Straßenbahn und habe Herrn Brenner nur wie einen ganz normalen Fahrgast vor mir. Dann muss er aussteigen und nickt mir nochmal freundlich zu; er hat mich also erkannt. Was mich doch freut „Vielleicht weiß er, dass ich zum Weihnachtsurlaub zu meinen Verwandten fahre", denke ich. Es klingelt zweimal, die Straßenbahn setzt ihre Fahrt bis zur Endhaltestelle fort, wo ich raus muss. Ich spüre auf einmal Vorfreude und Erwartung. Ich habe Verwandte. Eine davon ist sogar eine Lehrerin. Sie hat es zu etwas gebracht. Eine Lehrerin ist mehr als nur ein einfacher Erzieher. Sie weiß viel und bekommt Ferien, in denen sie verreisen kann und Zeit hat für ihren Sohn Paul, der erheblich jünger sein soll als ich.

Am Heiligen Abend sitzen wir alle in der Wohnstube vor dem nicht sehr großen Tannenbaum. Tante Minna mit ihrem faltigen Gesicht hat sich schön gemacht. An ihren langen Ohrläppchen baumelt Schmuck. Sie genießt den Lebensabend in einem richtigen Haus. Die letzten Jahre auf dem alten Schleppkahn waren kaum noch schön. So wurde das Schiff zum Spottpreis abgestoßen und sich finanziell am Haus der jungen Leute beteiligt. Onkel und Tante wollten nun als Rentner ruhig und friedlich noch einige schöne Jahre genießen. Doch der sehr abgearbeitete und verbrauchte Onkel Emil machte es nur noch ein paar Monate, in denen er all das an Arztbesuchen nachholen musste, was er als Binnenschiffer versäumt hatte. Nach kurzer und intensiver Trauer, die im wochenlangen Klagen und Weinen bestand, raffte sich die alte Tante wieder auf. Sie fand sich mit dem Weg ihres Lebens im Hause ihrer Tochter so ab, wie er für sie bestimmt zu sein schien: Mit Mühe und Arbeit, die sie ja gewohnt war. Aber sie genoss auch die Höhenpunkte: das Familienleben mit den jungen Leuten und dem Enkelkind und die Freude, bei

Festen und Feiern als Patriarchin im Mittelpunkt zu stehen.

Sicher gibt es hier, wie in den besten Familien auch, mal Auseinandersetzungen, denn ihre Tochter Irma lebt nach der Devise, alles anzusprechen, was sie bei anderen ärgert oder stört. Von dieser, manchmal auch verletzenden Direktheit, habe ich ja schon als kleiner Junge bei meiner ersten Begegnung mit ihr, etwas zu spüren bekommen. Ihr Lebensmotto „immer frei heraus" und wie der Berliner sagt „mit der Schnauze vorneweg" hat sie auch als Schulleiterin beibehalten. Sie ist stolz darauf, dass sie mit ihrer Meinung nicht hinter dem Berg hält. Bei solchen ungebremsten Meinungsergüssen in schulmeisterlicher Manier ist ihre Mutter einfach nur still und lässt die Wogen über sich hinwegrollen. Die alte Dame von der Binnenschifffahrt lässt sich nicht so leicht aus der Ruhe bringen, schon gar nicht von der eigenen Tochter.

Dann ist da noch Karl. ihr Mann. Irma sagt Ka-r-r-l und rollt das R, dass es sich ziemlich unnatürlich anhört. Er kommt viel in der Welt herum. Eine Art Weltbürger, der sich auskennt. Hat einen leitenden Posten bei einer größeren Baugerätefirma. Ein gelassener Mann, freundlich und verbindlich. Doch mit einer, wenn man so will, ebenfalls nicht so angenehmen Eigenschaft, die sicher auch berufsbedingt ist: Er ist ein Alleswisser und ebenfalls wie seine Frau ein Besserwisser. Aber in charmanterer Art, wie man es sein sollte, wenn man mit Wissen und Überzeugung bei anderen was er reichen will. Für Fußball interessiert er sich besonders. Was nun bei mir kaum auf Resonanz stößt und vermutlich wiederum bei ihm die Frage aufkommen lässt: „Ist dieser Bodo, denn überhaupt ein richtiger Junge? Oder nur ein Weichei in Hosen." Er sagt nichts, aber auch Nonverbales kann in bestimmten Situationen ziemlich beredt sein. Aber sein Wissen macht auf mich trotzdem Eindruck. „Wenn du zur Uhrzeit, sagen wir mal drei Uhr, 12 hinzuzählst, dann erhältst du die Zahl 15, drei Uhr nachmittags, nennt man auch 15 Uhr. Das machst du dann mit jeder Uhrzeit so." Ich kenne zwar schon die Uhr; habe sie mir wie das Lesen selbst beigebracht.Aber diese mathematisch leicht nachvollziehbare Erklärung von Karl finde ich klasse. „Sicher wird er mir gleich die Abseitsregel vom Fußball erklären", denke ich.

Seinen zarten und zerbrechlich wirkenden Sohn Paul nennt er Pipifax. Eine zärtliche Verhohnepipelung der kreatürlichen Bedürfnisse von Kindern. Was mir aber erst nach meinem Latinum klar wird. Eigentlich finde ich diesen Kosenamen für einen fast Sechsjährigen ziemlich albern. Zum Heiligabend findet sich noch eine Tante Hannchen ein. Zuerst denke ich, sie heißt „Hand-chen", weil sie sicher gute fleißige Hände hat. Sie ist die Schwester von Tante Minnas verstorbenen Mann. Es gibt ein festliches Weihnachtsessen, sicher Braten oder Gans und kurz danach Geschenke. Auf dem einzigen erhaltenen Foto dieser Weihnachtsfeier, das Karl geschossen hat, wirke ich älter als dreizehn. Ich bemühe mich um ein Lächeln zur Feier des Tages. Aber es wird nur ein verzerrtes Grinsen. Sicher hat man mir gesagt, dass ich freundlich gucken soll. Die Geschenke bilden den Höhepunkt. Der kleine Pipifax bekommt unter großem Tara eine elektrische Eisenbahn mit Zubehör. Sein Vater benimmt sich dabei so aufgekratzt und interessiert, als hätte die Baugerätefirma einen neuen Baggertyp zum Test frei gegeben. Karl kann sich eben sehr für Technik begeistern. Was ich bei Modelleisenbahnen auch gut nachvollziehen kann. Ich bleibe ein interessierter, aber etwas distanzierter Betrachter beim Auspacken der Lok und der Personenwagen, sowie der Schienen. Hätte vielleicht die Teile auch gern mal in der Hand gehabt. Denn ich hatte mal zu Weihnachten von meinen Eltern ebenfalls eine Modelleisenbahn geschenkt bekommen. Aber es war nur ein kleiner Karton für eine Grundausstattung. Hier sind auch noch Ergänzungsschachteln dabei. Doch ich halte mich zurück, weil ich dem Kleinen, mit dem ich nicht so viel anfangen kann, allein seine Freude lassen will.

Dann kommt für mich der große Moment, der ebenfalls mit feierlichen Worten, wie: „Heute nun, da wir uns alle beschenken, haben wir auch für dich, lieber Bodo, etwas" und so weiter, und so weiter. Dann wird schließlich mein Geschenk umständlich aus einer Tüte gekramt. Was mag es sein? Ich bin gar nicht gefragt worden, was ich mir von meiner Familie zu Weihnachten wünsche. Das Päckchen in buntem Weihnachtspapier mit dicker roter Schleife ist nicht sehr groß. Es wirkt irgendwie labberig, muss also etwas Weiches sein. Aber was? Die einleitenden, erklärenden Worte werden zahlreicher. Schließlich zur Entschuldigung und Rechtfertigung, je enttäuschter mein Gesichtsausdruck wird, weil ich mir unter dem kleinen weichen Päckchen nichts Tolles mehr vorstellen kann. „Wir haben nicht gewusst, was wir dir schenken sollen, und ob du überhaupt zu Weihnachten frei bekommst. Deshalb dachten wir, das, was da drin ist, kann man immer gebrauchen." Ich reiße nun vorsichtig die Verpackung auf. Zwei braune längliche Teile, die miteinander verbunden sind, kommen zum Vorschein. Etwas zögerlich und unbeholfen nehme ich die Socken in die Hand, als wär's etwas Zerbrechliches. „Sie sind aus besonders dicker reiner Wolle, die kannst du anziehen, wenn es mal bei euch im Heim kalt ist." Sagt meine Cousine, die Lehrerin. „Ja", sage ich. Mein Gesicht fühlt sich an wie eine Maske. „Ja, jaa. Sie - sind - schön." Ich versuche dabei, so etwas wie ein zufriedenes Gesicht zustande zu bringen. Es wird nur eine Art Grinsen, wie auf dem Foto von vorhin. Ich spüre ein dumpfes Gefühl in der Magengegend, wie nach einem unvorhergesehenen Schlag. Auch später noch, wenn ich unverhofft enttäuscht werde, habe ich das gleiche Gefühl.

Fräulein Zweigner fragt mich nach meiner Rückkehr, wie es denn bei meiner Familie gewesen ist:
„Es war gut", sage ich. „Nette Leute, schönes
Haus." „Hast du auch was zu Weihnachten ge-
kriegt?", ergänzt sie ihre Frage. Ich zeige meine
neuen dicken Strümpfe. „Aber nächstes Jahr will
ich hierbleiben", sage ich. Margret Zweigner lacht:
„Auch hier ist es Heiligabend schön, und Strümpfe
haben wir auch genug. Übrigens, da liegt noch
dein Geschenk von uns." Sie zeigt auf eine bunte
Schachtel. Dass die hier an mich gedacht haben,
obwohl ich auswärts war, darüber freue ich mich.
Die Schachtel ist ziemlich schwer. Was kann das
sein? Nach dem erwartungsvollen Öffnen der Verpackung halte ich ein Knauers Lexikon von A-Z in
der Hand. „Das ist ja toll!", denke ich. „Das habe
ich mir ja schon lange gewünscht." Ich bin einer
der Wenigen, die schon so früh aus dem Weihnachtsurlaub zurück sind. Fräulein Zweigner hat
mehr Zeit als sonst, und man hat fast den ganzen
Schlaf- und Gruppenraum für sich allein. Ich suche
mir irgendeinen Tisch aus und fange im Lexikon
bei A an zu lesen. „Weihnachten ist doch schön",
denke ich.

Mein Problem mit dem Sport

Mein Problem mit dem Sport beginnt im Hans-Hansen-Heim. Ein Durchgangsheim am Rande der Stadt. Es ist hübsch gelegen am Ende einer Allee mit alten Linden und besteht aus einem Zentralbau aus wilhelminischer Zeit und einige später erbaute barackenartige Gebäude, die um einen viereckigen Platz gruppiert sind. Auf seiner Fläche wird nachmittags oft Fußball gespielt.

Gleich am ersten Tag werde ich in der Verteidigung eingesetzt, obwohl ich keine Ahnung von den einfachsten Spielregeln habe; geschweige denn jemals selbst gespielt. Also stehe ich herum und starre angestrengt auf den, irgendwo auf dem Spielfeld herumfliegenden Ball. Es kommt darauf an, sagte man mir, dass ich den Ball stoppe und einem anderen Spieler meiner Mannschaft zuspiele. Das Warten auf diese Gelegenheit kommt mir lange vor. „Es ist doch ein langweiliges Spiel", geht es mir durch den Kopf. Irgendwo vor dem Tor auf der anderen Seite bemühen sich mehrere Jungen aus meiner und der anderen Mannschaft, den Ball zu bekommen. „Du stehst hier schon richtig", beruhige ich mich, „du brauchst jetzt noch nichts zu verteidigen. Der Ball ist ja noch weit weg." Da kommt plötzlich etwas wie ein Geschoss angeflogen, von einem Spieler in meine Richtung geballert. Das muss der Fußball sein. Ich sehe ihn nicht kommen und stehe ihm sozusagen im Wege. Dann aber ist es schon passiert. Er fliegt mir unvermit-

telt gegen die Stirn und wird von meiner Nase ge-
stoppt. Ich sehe nur noch helle Funken und falle
zu Boden.Wie von einem Hammer oder einer Ka-
nonenkugel niedergestreckt. Zum Weinen komme
ich gar nicht erst, weil ich vom Treffer dieses Ball-
Geschosses viel zu benommen bin.

Das Spiel wird vom Erzieher, der den Schiedsrich-
ter macht, abgepfiffen. Man kümmert sich um
mich. Legt mir ein Taschentuch auf die blutende
Nase. Jemand läuft zu einer Baracke und kommt
mit einem nassen Handtuch zurück, das man mir
unter den Kopf schiebt. Dann werde Ich vom Platz
geführt. Das Spiel soll ja weitergehen. Die Jungen
aus meiner Mannschaft wundern sich, warum ich
den Ball nicht geköpft habe. Man köpft doch solche Bälle einfach. Ich kann nicht begreifen, wie so
was geht, ohne sich dabei den Kopf zu verletzen.
Vielleicht haben sie Hornhaut oder drehen den
Schädel so geschickt, dass der Ball nur einen harten Knochen trifft. Ich kann mein Verhalten nicht
erklären. Hatte einfach nur Angst, etwas so Hartes
an den Kopf zu kriegen. In mir geistert eben noch
zu viel von Vaters Warnungen herum. Er sagte
immer: „Pass auf, Junge, zieh den Kopf ein!" Wenn
wir mit abgebautem Steuerhaus unter einem
niedrigen Brückenbogen hindurchfuhren. Oder:
„Junge, Mensch, fiere den Draht langsam, damit
er dir nicht um die Ohren fliegt und den Kopf ab-
reißt."

Dann bringt man mich umgehend zur Krankenstation. Eine freundliche Schwester mit Haube schaut sich die bereits verfärbte Stirn an. Nun bekomme ich Salbe auf diese besagte Stelle, dem Zeichen meiner Ungeschicklichkeit, außerdem einen riesigen Wattetupfer auf die Nase. Sie geleitet mich in den Schlafraum. Dort lege ich mich sofort, auch psychisch angeschlagen, auf mein Bett. Zuvor breitet sie ein Handtuch unter mir aus, damit das Bettzeug sauber bleibt. Ich betrachte die weißgetünchte Anstaltsdecke. Peinlich, was mir da passiert ist. Aber ich konnte doch nicht zur Seite springen. Ich sollte den Ball ja stoppen. Nur nicht auf diese Weise. Peinlich, peinlich!

Beim nächsten Mal sagt man dann: „Bodo geht ins Tor. Das wird er ja wohl können. Da sieht er den Ball ja kommen." Doch das ist auch keine so gute Idee. Ich traue mich nämlich nicht, mich einfach auf den Boden zu werfen, um den Ball zu kriegen, wenn er auf das Tor geschossen wird. Ich fürchte mich stärker als andere vor Verletzungen. Fühle mich so schon innerlich wund, aufgeschrammt und abgekämpft genug. Mich auch noch freiwillig, körperlich beschädigen zu lassen, wenn es nicht unbedingt notwendig ist, möchte ich vermeiden. Anders war es auf dem Schiff, als ich meinen Eltern bei der Arbeit geholfen habe. Da habe ich mich um Schrammen und andere kleinere Verletzungen nicht gekümmert. Ich sah ein, dass die Arbeit getan werden musste.

Jedenfalls stehe ich das eine oder andere Spiel im Hans-Hansen-Heim noch durch. Meine Zeit dort dauert nur fünf Wochen. Dann wissen die entscheidenden Erwachsenen, welche Art von Heim für mich in Frage kommt. Doch das Problem mit dem Sport, das sich im Schreckerlebnis meines ersten Fußballspiels gemeldet hat, wird mich noch weiter begleiten.

Es bleibt nicht allein auf das Fußballspielen beschränkt. Auch in der Leichtathletik läuft es nicht besonders. Im Schnelllauf geht es gerade noch so. Aber das Werfen! Beim Werfen mit dem Wurfball, falle ich schon sehr aus dem Rahmen. Die Mädchen in meinem Alter kommen ungefähr so um 30 Meter weit; die Jungen schaffen circa 40. Ich erreiche mit ganzer Kraft nur, dass dieser kleine Lederball schon bei sage und schreibe 14 Metern herunterfällt. Der Sportlehrer fragt erschüttert: „Bodo, was ist denn los? Komm, wir messen noch mal nach. 14 Meter, das kann doch nicht sein." Er kann es nicht verstehen. Ist bemüht, mich zu trösten. Will mir noch eine Chance geben. Deshalb sagt er: „Du bist wohl heute nicht so gut drauf. Wirf noch mal." „Na, der ist auch nicht so gut. Mach dich erst mal locker. Locker, locker und dann mit aller Kraft. Los!" Aber es wird nicht besser. Der große - oder besser - einfach nur der normale Wurf gelingt mir nicht. Ich muss zu wenig Muskelmasse haben oder etwas mit der Schulter. Die linke Schulter hängt ja auch. Das hat sicher was damit zu tun. Doch das Werfen wird und wird nicht besser. Schließlich kann ich nicht mehr. Bin zu nervös und darf mit den Versuchen aufhören. Der Sportlehrer ist ratlos. Auch die anderen Erwachsenen, die dabei sind, sagen nichts mehr. Sie merken, dass sie mich mit ihren gutgemeinten Ermunterungen und Ratschlägen nicht trösten.

Und wie steht es mit dem Turnen? Wie man am Reck überhaupt turnen kann, ist für mich ein Rätsel. Meist hänge ich nur sackartig an der Stange und versuche, meinen ungeübten Körper etwas hin und her zu bewegen. An der Sprossenwand klettere ich wohl rauf, wie ich es an der Leiter in der Schleusenmauer getan habe. Das war ganz schön hoch, wenn das Wasser aus der Schleuse abgelassen war. Doch hier in der Turnhalle muss man ein Tau festhalten. An ihm sich nach oben hangeln, hin-und herschwingen und sich dann wieder runterlassen. Das grobe Tau schneidet in die Hände und schwankt hin und her. Ich verkrampfe mich, weil alles schnell nacheinander gehen soll. Fühle mich angetrieben und gehetzt. Ergebnis: Es hat nicht gut geklappt.

Beim Springen über den Bock gibt es ebenfalls Probleme. Man muss vom Sprungbrett abspringen. Der Lehrer und ein Praktikant geben zwar Hilfestellung, aber das ist auch alles. Den Sprung schaffen, muss man allein. Das pferdeähnliche Gerät steht kopflos da. Aber daran habe ich keine

Schuld. Eher wohl daran, dass ich fast immer in der Mitte sitzen bleibe. Oder zu hart mit dem Hintern aufkomme, was ziemlich wehtut. Oder nach dem Absprung mit den Beinen und Knien gegen das Gestell knalle und, und, und… Das dickste Mädchen aus der Klasse bekommt das oftmals besser hin. Und trotzdem gebetsmühlenartig diese unglaubwürdigen Ermutigungen des Sportlehrers, die ich als versteckte Kritik auffasse: „Bodo, das ist doch schon ganz gut. Das wird noch besser. Hab keine Angst, wir halten dich." Es stimmt, manchmal schaffe ich auch den Sprung und komme auf der anderen Seite korrekt auf. Dann ist die Freude groß - beim Lehrer und seinem Helfer. Ich selbst halte mich mit positiven Emotionen lieber zurück, denn beim nächsten Mal springe ich doch wieder nicht richtig ab und der Sprung ist ungültig. Wenn ich es besonders gut machen will, klappt es am wenigsten. „Nicht verkrampfen. Locker, locker", rufen dann wieder die Lehrkräfte im Chor. Es ist und bleibt für mich schwierig mit dem Sport.

Dann kommt der große Höhepunkt: Das Sportfest der Jugendbehörde. Mit einer Siegerurkunde werden die erbrachten „sehr guten" und „guten" Leistungen gewürdigt. Lob und zufriedene Gesichter bei den meisten. Hier konnten sie punkten. Auch wenn es vielleicht sonst im Zeugnis bei ihnen nicht so rosig aussieht. Ich habe mir von vornherein keine Hoffnung auf eine Urkunde gemacht; bin schon froh, dass ich die Disziplinen, wie Laufen,

Springen, Werfen überhaupt durchgestanden habe. Aber bei der Verteilung der Siegerurkunden wird vonseiten der Lehrerschaft doch bemerkt: „Bodo, du bekommst leider keine Urkunde, aber im nächsten Jahr wird es schon werden." Nett gemeint, doch es übersteigt meine Glaubenskraft.

Oft spielen wir Korbball auf dem Hof unter den alten Eichenbäumen. „Du musst den Ball tippen, auf den Boden tippen, musst schnell laufen und ihn dann irgendwie gezielt in den Korb werfen." Immer wieder Ratschläge und Vormachen. Aber man muss es wohl mit einem Organ begreifen, was ich nicht besitze oder was sich auf dem Schiff nur ganz schwach und einseitig entwickelt hat. Mir kommt es vor, als müsste ich viel mehr üben, um nur eine einigermaßen durchschnittliche Leistung hinzubekommen. Bin ich zu wehleidig, zu weich, zu schwach? Eigentlich nicht, komme ich zum Ergebnis.

Diejenigen die beim Anstellen zum Waschen sich am schwersten tun, weil sie ständig rumalbern, können plötzlich, wenn eine Mannschaft gewählt wird, lange in Reih und Glied stehen. „Komisch", finde ich. Derjenige der bei der kürzesten Wanderung meistens herumstöhnt, kann auf dem Fußballplatz plötzlich ohne Murren kilometerweit hin und her rennen. „Seltsam", finde ich. „Im Sport fällt es wohl leichter, sich zur Disziplin und Härte erziehen zu lassen", schließe ich daraus.

Den Härtetest aber habe ich schon als elf-jähriger „Bootsmann" auf dem elterlichen Schiff bestanden. Bin in stockfinsterer Nacht mit dem schweren Draht durch kaltes Kanalwasser gewatet, das mir bis zur Brust ging, um das Schiff festzumachen. Mit einem gespleißten Eisendraht ohne Schutzhandschuhe. Ein Draht, der nicht nachgab und für mich viel zu schwer war. Er war schlecht gespleißt. Die Stacheln zerstachen mir die Hände. Trotzdem habe ich an ihm mit ganzer Kraft gezogen, als ginge es um mein Leben. Ihn mir schließlich über die linke Schulter gelegt, damit ich besseren Zug hatte. Versucht, damit das Ufer zu erreichen, um die Öse über einen der Poller an Land zu werfen. Das Schiff hatte, trotz abgestellter Maschine, immer noch Fahrt. Wenn ich nicht schnell genug wäre, würde der Draht mich ins tiefere Wasser zurückziehen. Ich hatte Angst zu ertrinken. Konnte ja nicht schwimmen. Die schwere Drahtlast einfach loslassen, wollte ich auch nicht. Das Schiff wäre dann weiter getrieben und ohne Scheinwerfer hätte man mich nur schwer im Gestrüpp des Ufers wiedergefunden. Vater leuchtete zwar mit der Taschenlampe, aber ihr schwacher Strahl konnte einen Scheinwerfer nicht ersetzen, der damals schon zur Standardausrüstung der meisten Binnenschiffe gehörte, aber bei uns nicht vorhanden war.

Wo war eigentlich Mutter, die ja offiziell bei Vater als Bootsmann angestellt war? Sie war wohl in der Kajüte. Entweder betrunken oder aus psychischen Gründen ausgefallen. „Reiß dich zusammen", sagte ich mir. „Du musst das irgendwie hinkriegen." Feige, das bin ich nicht.

In dieser Zeit half ich nur meinen Eltern. Ich machte das Schiff los, wenn wir losfahren mussten und fest, wenn wir anlegten. Alle vier Stunden sorgte ich im Maschinenraum dafür, dass der Motor geschmiert wurde. Die Kolben brauchten viel Öl, damit sie sich nicht heiß laufen. Ich war Begleiter und Aufpasser meiner Mutter. War auf ihren wirren Gängen an Land ihr Gefährte und hatte Angst beim Heimkommen vor meinem versoffenen Vater, der ihr vielleicht was antun würde. Auch wenn ich dafür meine ganze Kraft brauchte, wollte ich doch für meine Mutter tun, was ich konnte, damit sie nicht kaputt geht. Feige, das bin ich wohl nicht.

Aber hier im Heim wird mir für künstlich erzeugte Anstrengungen beim Sport viel Kraft abverlangt. Kraft, die ich besser für Dinge in der Schule gebrauchen könnte. Denn man muss viel können, um in einer Mannschaft anerkannt zu werden. Sonst wird man zwar geduldet, aber immer als Letzter gewählt. Das bedeutet, dass man auch im Schülerleben für den Letzten gehalten wird. Solche Einstufung ist für die Entwicklung eines gesunden Selbstbewusstseins schädlich. Genauso so verhält es sich, wenn du zu oft ermuntert wirst, aber spürst, dass das Lob, was man dir zollt, keine starke Währung ist. Ich habe zu kämpfen mit der

Schule. Ich habe zu kämpfen mit dem Heimweh. Damit, dass ich unsicher und schüchtern bin und mich nicht traue, Mädchen zu zeigen, dass ich sie mag. Weil es doch im Heim verboten ist. Es ist so vieles verboten. Die anderen aber kümmern sich nicht darum. Was ich eigentlich nicht verstehe. Kein Erwachsener erklärt mir, warum es so ist. Es wird so getan, als wären im Leben immer die Braven und Angepassten die Klügeren. Vielleicht hätte mir aber zum differenzierteren Blick auf die Lebenswirklichkeit eine genauere Beobachtung der Wettkampfpraxis geholfen. Beim Fußball zum Beispiel, gibt es natürlich, wie bei jedem anderen Spiel, eine Reihe von Regeln. Aber du lernst auch zu tricksen. Du lernst unausgesprochene und ungeschriebene Gesetze der Lebensrealität kennen. Nämlich: Dass Grenzen und Regeln nicht unumstößlich sind. Du lernst, dass es auch zum Leben gehört, Ermahnungen und Strafen auszuhalten und mit Niederlagen fertig zu werden. Du lernst, dass ein stures und musterknabenhaftes Verhalten keine Garantie dafür ist, ein Spiel zu gewinnen. Mit einfachen Worten: Du lernst, was dir kein Lehrer, Erzieher und Heimleiter sagt, dass es sinnvoll sein kann, sich auch mal hart an der Grenze der Regel zu bewegen, ohne dass du dich gleich von den angedrohten Sanktionen lähmen lassen musst, und dadurch vielleicht handlungsunfähig und stumpf wirst.

Dieses verborgene Lernziel habe ich nicht wahrgenommen, als ich mich auf dem Sportplatz über die vergeudete Zeit ärgere. Ich hätte mich mal fragen sollen, warum ich eigentlich hier im Heim so brav und angepasst bin. Dann wären mir sicher meine Eltern und meine Kindheit auf dem Schiff eingefallen. Ich gehorchte, weil Ich dort in einer mir gefährlich erscheinenden Realität gelebt habe. Und ich bin im Heim „der Musterknabe", weil ich auch hier um mein „Überleben" bange, um mein schulisches Überleben. Das erklärt auch, warum Angst und Abwehr bei mir so groß sind, wenn es um sportlichen Wettkampf und Vergleich mit anderen geht. Ich glaube, es mir nicht erlauben zu können, schlecht zu sein, denn ich habe zu viel zu verlieren, was für mich vor meinem Hintergrund sehr wichtig ist: Anerkennung von Mitschülern und Erwachsenen. Es wäre aber für mein Selbstbewusstsein sicher gut gewesen, wenn ich beim Sport stärker gespürt hätte, dass ich auch zu denen gehöre, die auf ganz normalem Wege ihre Leistungen steigern können. Doch ich kriegte es eben besser beim Schreiben, Lesen und Rechnen hin. Hierauf konzentriere ich meine Anstrengungen und erhalte darin auch Bestätigung.

Zum Schluss dieses problembeladenen Abschnitts möchte ich zu etwas Erfreulicherem kommen. Hier ist für mich die letzte Unterrichtsstunde einer Sportlehrerin wichtig, die leider nur kurze Zeit in Mühlenbach war. Sie gibt noch jedem Schüler zuletzt eine Rückmeldung. Zu mir sagt sie freundlich, dass ich mich durchaus eingesetzt hätte, aber noch verbessern könnte. Doch ich müsste am Sport dran bleiben und immer wieder an gewissen orthopädischen Turnübungen teilnehmen. Dann lächelt sie und reicht mir die Hand. Und man glaubt es kaum! Ich bin dieser Frau dankbar, nehme ihr ab, was sie sagt und fühle: Sie hat recht.

Aber wie das Leben so spielt. Irgendwann kommt anderes, was einem wichtiger und notwendiger erscheint als das, was man sich einmal vorgenommen hat. Das ist schade, doch so ist es nun mal beim Tricksen durch das Leben.

Die Heimkonfirmation

Auf einmal sagt Frau Zweigner: „Bodo, wir müssen dich zum Konfirmandenunterricht anmelden." Der Unterricht findet im Klassenraum von Lehrer Kock statt. Wir sind nur ein Mädchen und vier Jungen.

Die Pastorin Elsbeth Wolkenhaar ist noch jung. Sie ist ein rassiger Typ mit schönen, wie modelliert aussehenden Händen. Außerdem bevorzugt sie fast nur schwarz, was für eine Pastorin nichts Ungewöhnliches ist. Sie trägt ein Kostüm mit Pullover, der am Hals eng abschließt. Ihre Erscheinung wirkt unnahbar und streng. Da bleibt wenig Raum, um hinter dieser Fassade einer Amtsperson auch noch einen Menschen, vielleicht eine mitfühlende junge Frau zu erkennen. Was den pubertierenden Jungen wie mich sicher mehr beglückt hätte, als das Erleben einer kirchlichen „Handlungsreisenden", die mit dem Auto die Jugendheime abklappert.

Aus dem kleinen Katechismus von Martin Luther sollen wir uns die gängigen Stücke einprägen, wie „die zehn Gebote", „das Glaubensbekenntnis" und „das Vaterunser". Außerdem einige wichtige Kirchenlieder. Zum Auswendiglernen haben wir einen ganzen Monat Zeit. Erst dann ist wieder die nächste Zusammenkunft, weil wie gesagt, die Pastorin herumfährt und ihre Saat auch in anderen Heimen zu verstreuen hat. Frau Wolkenhaar malt schöne Tafelbilder. Die Noah-Geschichte mit dem

Regenbogen ist mir als Tafelkunstwerk in besonderer Erinnerung geblieben. Auch andere biblische Themen wie die Schöpfung versucht sie, mit bildlichen Darstellungen und Symbolen anschaulich zu gestalten. Sie kommt dafür sogar erheblich früher vor dem Unterrichtsbeginn und klappt nach der Vollendung ihre Kreideschöpfung, gleich einem alten wertvollen Flügelaltar, wieder zu. Sie möchte eben erreichen, dass wir beim ersten Teil des Unterrichtsgesprächs durch das Tafelbild nicht abgelenkt werden und voller Gespanntheit und Vorfreude auf die Enthüllung ihres pädagogischen Werkes warten, die erst danach stattfindet. Bei mir hat sie damit Erfolg. Ich freue mich, wenn sie endlich die Schultafel öffnet, über die schönen Bilder und Pfeilstriche aus grüner, blauer, roter und weißer Kreide.

Aber ich glaube nicht, dass die Pastorin etwas über den persönlichen Hintergrund ihrer Schützlinge weiß. Schätze sie eher so ein, dass sie meint, sie könne ohne ein Vorwissen dem Mädchen und uns Jungen unvoreingenommener begegnen. Was ich für problematisch halte. Denn man kann einem Heimkind sicher angemessener gerecht werden, wenn man seine persönliche Vorgeschichte und die besonderen Umstände kennt. Leider gibt es während der gesamten Konfirmandenzeit keine Gelegenheit, wo wir fünf auch mal persönlich mit der Pastorin, die ja ein Mensch von außerhalb ist, über uns hätten sprechen können. Sie erzählt fast nur selbst. Unsere Beiträge dagegen beschränken sich meistens auf zaghafte Antworten auf ihre Lehrerinnen-Fragen, stockendes Lesen mit Hilfe des Zeigefingers oder mechanisches Runterrattern des Gelernten.

Elsbeth Wolkenhaar ist eigentlich auch gar keine Pastorin, sondern führt offiziell die Bezeichnung Pfarrvikarin. Im Heim nennt man sie nur Frau Pastor oder richtiger Frau Pastorin. Sie ist noch nicht lange im Beruf. Hat sich noch keinen Namen gemacht wie ihre Vorgängerin, die vor Kurzem erst in den Ruhestand gegangen ist. Von der sagen viele: dass sie nett und menschlich war. Von der jetzigen sagt man nur: „Sie ist auch ganz nett." Fügt aber schnell hinzu: „Aber an ihre Vorgängerin kommt sie nicht heran."

Frau Pastorin Wolkenhaar möchte im Heim regelmäßig Gottesdienste für Kinder und Mitarbeiter stattfinden lassen. Die Planungen für dieses Projekt kommen allerdings nur schleppend voran. Lehrer Muthesius erzählt auf unserem sonntäglichen Weg, dass Heimleiter Grafenberg es nicht gern sieht, wenn der kirchliche Einfluss im Heim zu groß wird. Er steht eben dieser Institution ziemlich kritisch gegenüber.

Ich lerne, so gut ich kann. Bin zwar nicht schlechter als die anderen, aber muss mir den Stoff immer laut vorsagen. Dafür einen geeigneten Ort in der Gruppe zu finden, ist nicht einfach. Man ist ja ständig in Hörweite der anderen; sogar auf dem Klo. Am Tag sollen die draußen gelegenen Toilettenräume benutzt werden. Dort aber sind die Türen vom Hausmeister dauerhaft ausgehängt worden. Es wird befürchtet, dass sich Zöglinge einschließen, um zu rauchen oder anderen Unsinn zu machen. So ist es also gar nicht so problemlos, den Anforderungen der Kirche, in Gestalt der Pastorin, in unserem Heim nachzukommen. Doch wer das Pensum der letzten Konfirmandenstunde nicht gelernt hat, fällt in der kleinen Gruppe schnell auf. Jeder kommt nämlich oft zum Aufsagen an die Reihe. Er ist also schon ein bisschen stressig, dieser Konfirmandenunterricht.

Ich finde die alten Geschichten aus der Bibel von Gott, der Welt und den Menschen interessant. Bin auch damit einverstanden, dass wir manches auswendig lernen müssen und denke gern darüber nach. Hier kann ich nun etwas aus einer anderen Perspektive, nämlich der des Glaubens, über die Zusammenhänge des Lebens erfahren. Denn die Schule, die sich meistens auf das beruft, was man sieht und beweisen kann, erklärt auch nicht alles. Etwa, warum sich für mich auf einmal eine neue Welt aufgetan hat, die doch so ganz anders ist, als auf dem Schiff. Oder: Warum ich manchmal ganz stark spüre, dass ich behütet bin, obwohl nur fremde Menschen da sind, die aufpassen und sich um mich kümmern. Und meine Eltern, zu denen ich ja eigentlich gehöre, sind weit weg, und ich weiß nicht, was sie gerade tun, weil ich nichts von Ihnen höre. Meine Mutter erzählte mir ab und zu auch was von Gott. Außerdem nahm sie mich kleinen Jungen einige Male mit in die Kirche. Sie selbst hat von ihrem Vater ebenfalls ein bisschen von der Religion vermittelt bekommen, obwohl das eher kurios war. Großvater Thorn erzog gern mit Merksprüchen, wie sie in seiner Zeit häufig auf Kalenderzetteln zu finden waren. Sie hörten sich etwa so an: „So, wie das Geld im Kasten klingt, die Seele aus dem Fegefeuer springt." Oder so: „Gott wird schon dafür sorgen, dass die Bäume nicht in den Himmel wachsen."

Wir arbeiten meistens im Konfirmandenunterricht nach einem Buch mit biblischen Geschichten und Illustrationen. Ziemlich beeindruckt hat mich ein Bild: Der alt gewordene Religionsstifter Mose darf auch nach 40 Jahren Wüstenwanderung das ersehnte Land – das Ziel und die Erfüllung seines Lebens - nicht betreten. Das erscheint mir wahnsinnig hart. Aber das hat Gott so bestimmt, das ist nun mal sein Schicksal. Er hat sich, wie ein nur kurz Rastmachender, auf die Erde gesetzt und schaut von einem Hügel aus in ein weites, herrliches Tal. Mose ist sehr alt. Nun spürt er, dass der Tod nahe ist. Ein von den Jahren gezeichneter Mensch, der Bedrohungen und Enttäuschungen erlebt hat. Der auch weiß, dass mancher Weg im Leben, der zuerst breit und geräumig begann, sich in einer Wüste verlieren kann. Ich sehe ihm trotzdem Dankbarkeit und Freude an. Vielleicht über den Ausblick in sein Sehnsuchtsland, der ihm nun doch noch geschenkt wird. Der alte Mann weiß, dass es richtig war, sich auf den Weg gemacht zu haben, und andere dazu auch zu ermutigen. Sein Leben hat dadurch einen Sinn gehabt. Das hat er noch am Ende erfahren dürfen.

Eine Konfirmandenprüfung gibt es auch. Dafür müssen wir in die Halle, wo wir abgefragt werden. Aber die Pastorin ist doch ein bisschen gnädig und sagt: „Wer's nicht weiß, der hebt die linke Hand, und wer's weiß die rechte." Sie möchte uns eigentlich in der Dorfkirche konfirmieren. Plötzlich heißt es aber: Der Heimleiter will das nicht. Er wünscht, dass die Konfirmation im Heim stattfindet. „Das ist sehr schade", drückt sie ihre Enttäuschung aus. „Es wäre in der Kirche feierlicher gewesen; allein schon durch das Läuten der Glocken und das Orgelspiel. Aber euer Heimleiter lässt darüber überhaupt nicht mit sich reden."

Trotzdem macht sie am Konfirmationssonntag das Beste draus. Schiebt einen Tisch vor den Kamin in der Festhalle. Legt eine weiße Tischdecke darüber. Holt ein Kreuz aus ihrer schwarzen kofferähnlichen Tasche und zwei Kerzen. Kelche und einen silbernen Teller für die Oblaten zaubert sie aus einem anderen Köfferchen. Sowie mehrere, in ein weißes Tuch gewickelte Oblaten und ein Fläschchen mit Abendmahlswein.

Unsere kleine Konfirmandengruppe nimmt dicht vor diesem improvisierten Altartisch Platz. Heimkinder, wenige Angehörige und Erziehungspersonal füllen den Raum. Man ist feierlich gestimmt. Lehrer Muthesius gestaltet mit Kirchenliedern und anderen Musikstücken, die er uns, mit der Freude eines wirklichen Künstlers, auf dem Klavier darbietet, unsere, nun fast schon private, Konfirmationsfeier.

Mein Spruch stammt aus dem ersten Timotheusbrief und lautet:

„Kämpfe den guten Kampf des Glaubens;
ergreife das ewige Leben, dazu du auch
berufen bist und bekannt hast ein gutes
Bekenntnis vor vielen Zeugen."

Beim Händeauflegen schaut mich die Pastorin wohlwollend an. Ich denke: „Kämpfen, das tue ich eigentlich immer. Aber erlaubt ist es nur, wenn man für das Gute kämpft. Tja, du musst durchhalten, du musst kämpfen, wenn alles gut werden soll." Und trotzdem bin ich des Kämpfens oft müde.

Die anderen vier Mitkonfirmanden werden von ihren Eltern und Angehörigen zum Feiern abgeholt.

Aber ich habe ja keinen, der mit mir feiern könnte; von der Lehrerin Irma Brinkmann habe ich nichts mehr gehört. Doch Arthur Schmieder sagt ganz unerwartet: „Bodo, meine Frau hat Kuchen gebacken. Du kannst mit zu uns kommen. Wir können zusammen feiern." Das habe ich dann dankend angenommen und bin mit zu ihm nach Hause gefahren. Seine Frau hat Torten gebacken. Der Tisch ist festlich gedeckt, Kaffeegeschirr, Kerzen auf weißer Tischdecke. Wir sitzen im kleinen gemütlichen Wohnzimmer im Siedlungshaus der Schmieders. Es ist ein schöner Konfirmationstag für mich. Schmieders Sohn, der jünger ist als ich, ist auch mit dabei. Es ist so richtig wie bei einer kleinen Familienfeier.

Nach dem Konfirmationsgottesdienst haben wir noch ein Erinnerungsfoto gemacht. Da stehen wir fünf unter den Eichenbäumen. Ich gucke ernst in die unbekannte Zukunft. Anders als der alte Mose im Unterrichtsbuch.

Die Schulentlassung

Nach meiner Konfirmation besuche ich noch ein weiteres Jahr die Heimschule. Damit beträgt meine gesamte Schulzeit dreieinhalb Jahre. Sie war mit vielen Dingen ausgefüllt, die für mich, als verspätet eingeschultes Schifferkind, oft vollkommen neu und unvertraut waren. Dazu zählen, wenn ich die Standardfächer wie Lesen, Schreiben und Rechnen mal ausnehme, besonders Sport, Musik und Kunst. In dieser Zeit konnte ich viel nachholen und mir aneignen. Allerdings ist es mir nicht zugefallen, und ich musste mir auch noch später manches selbstverständliche Wissen erwerben, das nicht im Lehrplan unserer Heimschule vorgekommen ist. Aber meine Einstellung zum Lernen lässt sich am besten mit folgendem Satz wiedergeben: „Nicht für die Schule, für das Leben lernen wir." Ich habe nämlich gern nach dem praktischen Bezug der Dinge gefragt, die ich gelernt habe. Lernen allein um des Lernens willen, für die Rätselseite des Feuilletons, blieb mir fremd und reichte als impulsgebende Kraft zum Erwerben von Wissen nicht aus. Deshalb fühle ich mich auch nicht als Intellektueller und bin eher gekränkt, wenn man mich dafür hält.

Dankbar bin ich auch dem Schulleiter Herrn Grafenberg, der sich persönlich dafür eingesetzt hat, dass extra für mich die 9. Klasse an der Heimschule eingerichtet wird. Normalerweise gehen die Schüler aus der 7. und 8. Klasse ab, was für die

Chance, eine Lehrstelle zu finden, auch damals schon ein Hindernis gewesen ist. Allerdings noch kein sehr großes, weil die fleißigen Schulabgänger weiterhin auch Aussichten auf Lehrstellen haben. Mein Abschlusszeugnis ist trotz allem gut ausgefallen, mit Ausnahme der Sportfächer. Ich bin erleichtert, dass ich nun den Hauptschulabschluss geschafft habe.

Dann kommt der Tag der feierlichen Schulentlassung. Wie üblich bei Festen und Feiern, die die gesamte Hausgemeinschaft betreffen, finden sie in der Halle statt. Die Stuhlreihen sind zum alten hölzernen Treppenaufgang ausgerichtet. Er wird sorgfältig mit einem schweren Vorhang verschlossen, damit man im Saal nicht von Zugluft belästigt wird. Als Schul- und Heimleiter hält Theophil Grafenberg die Ansprache. Wir Schulabgänger sitzen in der ersten Reihe und werden namentlich aufgerufen, um das Abschlusszeugnis und eine Handreichung der Behörde mit Händedruck entgegenzunehmen. Den Namen der Broschüre habe ich vergessen. Sie lässt sich auch in keinem alten Umzugskarton im Keller oder auf dem Dachboden mehr auffinden. Dieses unauffällige Heftchen mit dem Hamburger Wappen enthält eine Reihe von kurzen lebensklugen Geschichten und Gedichten. Ein Konglomerat von Erkenntnissen und Weisheiten für das Leben nach der Schulzeit. Gedruckt auf grauem Nachkriegspapier. Unter anderem wird dort eine Stelle aus den Tagebüchern von Gorch Fock zitiert:

„Die meisten Menschen sind nur Matrosen an Bord ihres Lebensschiffes und sollten doch Reeder und Steuermann sein."

Dieser Satz ist fast so etwas wie ein weltliches Bibelwort. Er stammt aus der Feder des mit der Seefahrt verbundenen Dichters, der im Ersten Weltkrieg in einer Seeschlacht im Skagerrak umgekommen ist. Herr Grafenberg bezieht sich auf das oben zitierte Wort in seiner Ansprache.

Steuerleute und Reeder sollen wir in unserem Leben sein. Also den Kurs, die Fracht und wohl auch die Art des Schiffes selbst bestimmen, auf dem wir durch das Leben segeln. Nein, nicht segeln; das ist schon falsch nach dem Spruch des Dichters. Dann würden wir ja den Kurs wegen der Naturgewalt des Windes auch mal ändern müssen oder wären gezwungen, Umwege in Kauf zu nehmen, um das Ziel zu erreichen. Doch wie ich sein Wort verstehe, meint er Gradlinigkeit und Befehlskompetenz auf dem Schiff, also im eigenen Leben. Ich bin auf dem Schiff meiner Eltern als Kind ein Hilfsschiffsjunge oder Bootsmannvertreter gewesen und habe von Vater auch nur mal kurz das Steuerrad anvertraut bekommen, wenn er in der Nähe war. Da war keine Selbständigkeit oder eine mir zugestandene Kompetenz. Aber das war als Kind. Jetzt spricht Herr Grafenberg ja zu den anderen und mir als angehende Erwachsene, die das Ruder ihres Lebensschiffes selbstverantwortlich in den Händen halten sollen und den Stürmen trotzen.

Wenn ich heute als älterer Mensch versuche, mich an das Gefühl von damals bei der Schulentlassungsfeier zu erinnern, dann spüre ich noch den Druck von Überforderung. Ich glaube nämlich, dass man das ja gar nicht kann, so souverän und selbstbestimmt zu leben, wie es in diesem Satz aus dem Tagebuch von Gorch-Fock sich anhört. Steuern, Kurshalten und oberster Boss im Leben sein. Das sind in dieser Absolutheit ziemlich große theoretische Forderungen an junge Menschen, finde ich. Ich habe die Festrede unseres Schulleiters Herrn Grafenberg natürlich nicht im Kopf und habe sie auch schriftlich niemals ausgehändigt bekommen. Man ging damals mit Papier sparsam um. Ich kann nur hoffen, dass er in seiner Rede auch etwas Kritisches hat einfließen lassen. Nämlich, dass zum vernünftigen Steuern des Lebensschiffes auch immer mal wieder eine Kurskorrektur angesagt ist. Immer dann, wenn man auf anderen Lebensstufen zu neuen Einsichten und Erkenntnissen gelangt.

Ungefähr 30 Jahre später sitze ich in einer Supervisionsgruppe, die für die Ausübung meines Berufes wichtig ist. Habe gerade eine Trennung erlebt und versuche beruflich und privat mit der neuen Lebenssituation zurechtzukommen. Bei der Abschluss-Sitzung, wo jeder dem anderen noch etwas wünschen, sagen oder überreichen kann, das für ihn wichtig ist, schenkt mir jemand eine Tarotkarte. Sie zeigt einen Mann, der sein auffallend leichtes Gepäck lässig mit einem Wanderstab über der Schulter trägt. In der freien anderen Hand hält er graziös eine kleine Blume. Die Sonne wärmt ihm den Rücken. Er macht einen heiteren und beschwingten Eindruck. Alles scheint gut zu sein. Doch der Weg, auf dem er geht ist schmal, der Abgrund an der Seite tief, und die Stimmung des Wanderers fast zu euphorisch, denn er schaut nur in die Ferne, ja eigentlich durch sie hindurch, auf ein imaginäres Ziel und nicht auf seinen Pfad und die nähere Umgebung. Mit geschwungenen Beinen und lockerem Schritt wandert er, erhobenen Hauptes, auf einen Felsvorsprung zu. Dahinter ist der Weg zu Ende, das kann sein Unglück werden, da ist der Abgrund. Wird seine Stimmung eine Korrektur seines gefährlichen Weges zulassen? Und wenn nicht. Wird er trotzdem bewahrt sein? Mir fiel damals beim Betrachten der Spielkarte das Wort vom Steuermann und seinem Lebensschiff aus der Jahrzehnte zurückliegenden Schulentlassungsfeier ein. Es gibt eben auch den Steuermann, den seine einmal gefassten Entscheidungen daran hindern, sein Schiff sicher in einen geeigneten Hafen zu bringen, weil er blind für die Anforderungen der Gegenwart und der sich verändernden Situation ist.

Manchmal kann eben eine Korrektur des einge-schlagenen Kurses lebensnotwendig sein. Aber wer oder welche Instanz führt sie durch, wenn man selber dazu nicht in der Lage ist? Weil man die Situation nicht überblickt und sich verrannt hat oder „in der Klemme sitzt"?

Es gibt ein Kirchenlied von Paul Gerhardt, dem Pastor und Liederdichter. Dort heißt es in der ersten Strophe:

„Befiehl du deine Wege und was dein Herze kränkt
der aller treusten Pflege des, der den Himmel lenkt.
Der Wolken, Luft und Winden gibt Wege, Lauf und Bahn,
der wird auch Wege finden, da dein Fuß gehen kann."

Ich meinte oftmals, das Ruder meines Lebensschif-fes fest in der Hand zu haben und Kurs zu halten. Doch nun im Alter bin ich mir nicht mehr so sicher, dass ich es allein war, der sein Schiff auf Kurs hielt. Da lenkten auch andere Kräfte verschiedenster Art mit. Es veränderte sich auf der Reise der Blick und die Wahrnehmung. Bei der Abfahrt erschien das angesteuerte Lebensziel vielleicht nur als ein Punkt, ein Kartenziel auf dem Plan des eigenen Le-bensentwurfs: Ein Wunschtraum, eine phantasti-sche Idee, eine tolle Vorstellung. Je weiter und länger ich aber fuhr auf dem Meer meines Lebens, sah ich auch das Ziel sich verwandeln. Es bekam stärkere Konturen; sie ließen die Landschaft des ersehnten Eilands auf einmal markanter und herber erscheinen. Ich nahm nun wahr, dass da gar kein Hafen war, wo mein Schiff anlegen konnte, so wie es gebaut war und auch beladen, mit den Dingen und Gütern, die es auf dem Meer des Lebens mit den Jahren als Ladung aufgenommen hatte. Auf einmal fielen mir die Sperren im Wasser auf und die vielen anderen Schiffe, die alle auch landen wollten. Ich entschloss mich dann nach einiger Überlegung, dieses Ziel aufgrund der hohen Risiken für mein Schiff und mich, nicht mehr anzusteuern. Denn der Wind stand auch noch ungünstig, das Schiff war nicht so stark und auch nicht gegen große Widerstände gerüstet. Also änderte ich meinen Kurs und drehte bei und suchte mir nach meinen Möglichkeiten andere Ziele, die für mich realistischer waren, um anzulegen.

Unterschätzen wir die Gewalten nicht, die im Leben aufkommen können. Ich glaube, ich weiß, was sie für den Lebensschiffer bedeuten, und wie leicht, sie ihn vom Kurs abbringen können. Ich weiß aber auch, dass es klug ist, gute Strömung und günstigen Wind zu begrüßen, wenn ich wieder das Glück habe, dass sie mir gewogen sind. Und ich kann dann vielleicht meine Trauminsel auch von hinten, von der unbekannteren und unspektakulären Seite aus, anlaufen und meine ureigene Ladung, den Lebensertrag sozusagen, in den Zielhafen bringen.

Dann ist die Festrede zu Ende. Wir haben aufmerksam zugehört und halten unsere Zeugnisse und die Broschüre der Behörde fest in den Händen. Als hätten wir Angst, dass man sie uns wieder wegnehmen könnte. Lehrer Muthesius lässt noch eine Weile musikalisch auf dem Klavier die Lebensschiffe durch Stürme und Windböen stampfen. Danach geht es mit einem besseren Mittagessen und am Nachmittag mit Kaffee und Kuchen weiter. Es wird auch getanzt. Meine „große Liebe" Marie-Louise, die mich mal beim Heimleiter angeschwärzt hat, tanzt mit Manfred Beyer und scheint Spaß daran zu haben. Sogar Schulleiter Grafenberg kommt den Wünschen der kleinen Mädchen nach und wagt mit ihnen ein Tänzchen, bei dem dieser große Mann sich ziemlich ducken muss.

Mir ist wieder mal nicht nach Tanzen zumute. Ich schiebe die große schwarze Flügeltür hinter mir zu - nun klingt die Schallplattenmusik wie aus weiter Ferne - und schaue zum Mühlenteich hinüber. Obwohl wir schon März haben, sind noch nicht so viele Enten im Wasser zu sehen.

Was soll ich werden?

„Du solltest Diakon werden", sagt mein Lehrer an einem Sonntagmorgen, als ich ihn wieder einmal zur Orgel begleite. „Das ist eine solide kirchliche Ausbildung, wo du viele Möglichkeiten hast."

Seitdem denke ich darüber nach, was ich werden könnte. In einer Broschüre über die Diakonen-Ausbildung steht, dass man vorher einen anderen Beruf erlernt haben sollte. Ich habe den Eindruck, eine Handwerkerlehre wäre dort besonders erwünscht. Ob ich die schaffen werde, bezweifele ich. Schuld daran ist mein Erzieher. Der ist der Ansicht, dass ich für praktische Tätigkeiten nicht gut geeignet sei; eben „zwei linke Hände" habe, wie er sich ausdrückt. Deshalb will er mich lieber in einem Büro unterbringen.

In der Kreisstadt gibt es eine größere Motorenfabrik. Ein Komplex aus Verwaltungsgebäuden und Fabrikationshallen, der den Eindruck der Stadt mit bestimmt. Jedenfalls, wenn man mit der Eisenbahn ankommt. Es bedeutet schon was, dort beschäftigt zu sein. Mein Erzieher macht mit dem Personalchef, den er von früher her kennt, einen Termin für ein Vorstellungsgespräch ab.

Bald darauf sitzen wir beide vor dem Schreibtisch dieses wichtigen Mannes, der über die Einstellungen des kaufmännischen Nachwuchsen zu entscheiden hat. Wobei der Pädagoge sich bemüht, mich in einem möglichst günstigen Licht erscheinen zu lassen. „Er setzt sich doch sehr für dich ein", denke ich. Das zu spüren, tut mir gut. Ich aber bin ziemlich einsilbig und verkrampft. Wo doch gerade in dieser Situation viel vom ersten Eindruck abhängt. Herr Schmieder erzählt von meiner schwierigen Kindheit auf dem Schiff. Von allem, was ich in den bisherigen drei Jahren Schulzeit nachgeholt habe, von meinem vorbildlichen Sozialverhalten in der Gruppengemeinschaft. Dass ich mit meiner natürlichen Autorität von den anderen 17 Jungen akzeptiert und geachtet werde. Und dass ich in der Freizeit für den Heimarzt arbeite und dort so etwas wie einen Vertrauensposten habe.

Der Personalchef hört aufmerksam zu. Er ist bemüht, sich nicht durch meinen Erzieher beeinflussen zu lassen. Nachdem der mit seiner Beschreibung meiner positiven Entwicklung fertig ist und ich mit meinen wortkargen Bestätigungen und Ergänzungen, setzt er zu einer längeren Ausführung an: Zuerst bedankt er sich bei Schmieder und besonders bei mir, dass ich den Schritt zu einer Bewerbung bei dieser Firma, die seit Kurzem in Deutsch-Amerikanischem Besitz ist, gemacht habe. Er lässt einfließen, dass die Ausbildung zum Industriekaufmann bei diesem Unternehmen sehr begehrt ist. Jedes Jahr haben sie über 15 Bewerber, von denen nur höchstens vier, mit hervorragenden Zeugnissen, eingestellt werden. Auf Grund der großen Nachfrage nach Lehrstellen und den Anforderungen, die seine Firma an die Auszubildenden stellt, hat man sich entschlossen, keine Bewerber mit Hauptschulabschlüssen mehr zu akzeptieren. Gerade die neue Geschäftsleitung legt besonderen Wert auf gute Englischkenntnisse, die auch für jüngere Leute wichtig sind, die später vielleicht einmal größere Verantwortung für das Unternehmen tragen werden. Damit aber sind nach seiner Erfahrung die Absolventen der Hauptschule in der Regel überfordert. Sie haben unter ihren auszubildenden Lehrlingen viele Bewerber mit mittlerer Reife oder sogar mit Abitur. Trotzdem geht er davon aus, dass ich sicher bereit und guten Willens sein würde, mir vieles von dem, was mir noch an Voraussetzung fehlt, anzueignen. Er blickt mich freundlich und ermunternd nach diesen ziemlich sachlich gehaltenen Ausführungen an. Er würde mir, gerade mit meinem besonderen Werdegang, den beruflichen Einstieg ins Kaufmännische in einer kleineren Firma empfehlen, fügt er, zum Ende kommend, hinzu. „Dort herrscht nicht die Hektik, die bei uns in einem großen internationalen Unternehmen zum Alltagsgeschäft gehört."

Etwas vertraulicher wendet er sich nun an meinen Erzieher: „Ich weiß ja, dass Sie sich mit viel Elan für Ihre Schützlinge einsetzen, Herr Schmieder. Das haben Sie ja neulich auch bei ihrem Vortrag in unserer kleinen Runde unter Beweis gestellt. Sie konnten uns überzeugen, dass es auch in Erziehungseinrichtungen begabte und strebsame junge Leute gibt, die ihren Weg gehen werden. Deshalb, lieber junger Freund", wendet er sich nun wieder an mich, „lassen Sie sich nicht entmutigen. Auch. wenn der gewünschte Schritt in unsere Firma im Moment für Sie noch zu groß ist. Suchen Sie weiter. Herr Schmieder wird Ihnen dabei behilflich sein. Das Arbeitsamt kann Ihnen da sicher auch beratend zur Seite stehen. Es gibt kleinere und mittlere Industriebetriebe hier in der Nähe, die sich freuen, jemanden wie Sie zu finden."

Das ist eine deutliche Absage. Der Traum von einer Lehrstelle in diesem Betrieb ist ausgeträumt. Ich schaue Herrn Schmieder entmutigt an. Auch der Erzieher ist enttäuscht, dass uns sein Gesprächspartner so wenig entgegengekommen ist.

Beim Arbeitsamt wird ein kaufmännischer Lehrling für ein kleineres Elektrizitätswerk in der Nähe gesucht. „Da kann sich der Junge ja mal vorstellen", sagt der Sachbearbeiter. „Am besten anrufen und einen Termin mit der Büroleiterin Frau Makrow oder Herrn Diplom-Ingenieur Hahn vereinbaren."

Einen Tag später stehen wir vor dem roten Klinkerbau. Im ersten Stock hat der Geschäftsführer Herr Hahn sein Büro. Seine zurückgekämmten spärlichen Haare können die Glatze kaum noch verbergen. Er schaut mich wohlwollend an. Ein väterlicher, behäbiger Mann, der Ruhe und Gelassenheit ausstrahlt und mir ein wenig die Anspannung nimmt. Nachdem mein Erzieher und auch ich ein paar unverfängliche Worte zur Begrüßung mit ihm gewechselt haben, kommt er gleich zur Sache: „Hier hast du einen Kuli, schreib mal deinen Lebenslauf auf." Ich beginne auf einem DIN-A5-Blatt in einer ziemlich verkrampften, aber annähernd leserlichen Handschrift, mehr zu malen als zu schreiben. Während sich die beiden Herren angeregt unterhalten. „Ich, Bodo Heinrich Wilhelm Krüger, bin als Sohn des Binnenschiffers Heinrich Wilhelm Krüger und seiner Ehefrau Anita Emma Dorothea Krüger, geborene Thorn, am 23. Juni 1945 in Lüneburg geboren..." Und so weiter, und so weiter. Ich schreibe und schreibe und bekomme nur ganz am Rande ein paar Brocken der Unterhaltung mit. Es geht um die kaufmännischen Lehrlinge und ihre Ausbildung; um das ständige Unterbrechen der Praxis durch den wöchentlichen Berufsschultag und das Reinreden der Lehrkräfte in die betrieblichen Ausbildungskonzepte. Und so weiter, und so weiter. Plötzlich hält der Geschäftsführer im Gespräch inne und wendet sich mir wieder zu: „Du brauchst nicht weiter zu schreiben. Gib mal her, lass mal deinen Lebenslauf sehen." Er wirft nur einen kurzen Blick auf meine Aufzeichnungen und sagt dann: „Das sieht ja ganz ordentlich aus. Dann wollen wir's mal mit dir versuchen." Damit ist das Vorstellungsgespräch auch schon beendet. Der Chef steht umständlich auf und reicht meinem Begleiter und mir die Hand. „Du kannst dann am 1. April bei uns anfangen. Vorher musst du noch mal vorbeikommen und mit der Büroleiterin den Lehrvertrag machen.

Ich bin froh, dass alles vorüber ist, und ich eine Lehrstelle habe. Nun lerne ich Industriekaufmann – „den besten Beruf unter den kaufmännischen", wie Arthur Schmieder sagt. Ob das stimmt? Ich bin schon jetzt ein bisschen stolz.

In der Lehre

Das Büro des Elektrizitätswerks liegt in einem Souterrain, zu dem man sich einige Stufen in die Tiefe begeben muss. Nach einer, aus besserem Holz aufgemöbelten Kellertür, die zu den Geschäftszeiten einfach offen gelassen wird, steht man vor einem Tresen. Wer seine Stromrechnung bar bezahlen möchte, irgendwelche Fragen zu den Hausanschlüssen und Stromtarifen hat oder sich auch nur im persönlichen Gegenüber beschweren will, ist hier an der richtigen Stelle.

Rechts hinter diesem Tresen, der auch gleichzeitig eine Barriere zwischen Publikum und uns Insidern bildet, liegt das Zimmer unserer Bürovorsteherin Fräulein Makrow. Die korrekte Anrede der unverheirateten Frauen wandelt sich gerade in diesen Jahren. Zum Schluss meiner Lehrzeit gibt es kaum noch jemanden, der bei Damen im Alter von Frau Makrow weiter auf das „Fräulein" beharren wird. Aber oft ist unsere Chefin nur zum Zeitunglesen und Telefonieren an ihrem Arbeitsplatz. Sie geht gern, in den vom Tresen aus gesehenen linken Bereich der Büroräume, um ein „bisschen Dampf zu machen", wie sie gern sagt. Dorthin nämlich, wo die einfacheren Angestellten, sozusagen das Fußvolk der E-Werk-Verwaltung, sich die Schreibtische teilen. Wenn die Prokuristin Anweisungen gibt und betont, dass wir heute ausnahmsweise mal ranklotzen müssen, weil abends Aufsichtsratssitzung ist und dafür einige Unterlagen noch nicht fertig sind - „was ja eigentlich ein Ding ist" - dröhnt ihre Stimme durch die Räume. Wie von einer Tarantel gestochen, eilt sie dann plötzlich wieder in ihr Büro auf der rechten Seite und knallt die Tür lautstark hinter sich zu. Wohl, um deutlich zu machen, dass das Gelingen dieser bevorstehenden Sitzung sich von nun an hinter dieser geschlossenen Tür entscheiden wird.

Ich arbeite mit zwei Lehrlingen zusammen. Mit Joachim und Willy. Von Joachim schwärmen alle. Dagegen sagt man bei Willy: „Was der dir sagt, danach musst du dich nicht richten. Mit dem sind wir gar nicht zufrieden." Wenn man nachfragt, wird vielsagend geschwiegen. Man soll sich wohl seinen Teil denken, was mir aber schlecht gelingt. Sicher, er ist ziemlich korpulent und sieht eher wie ein Mann in den Fünfzigern aus, als wie ein Siebzehn- oder Achtzehnjähriger. Doch er ist freundlich und hilfsbereit, und ich finde auch kameradschaftlich, ohne aufdringlich zu sein.

Willy ist im zweiten Lehrjahr. Er kann mir deshalb einige seiner Aufgaben unmittelbar, als seinen Nachfolger, direkt übergeben. Ist also noch näher mit dem Arbeitsbereich, den ich nun ausfüllen soll, verbunden als Joachim, der sich im letzten Ausbildungsjahr befindet, und der Star unter uns Lehrlingen ist. Dem man schon anmerkt, dass er nur noch zu einem Bruchteil oder schon gar nicht mehr der Sphäre der Lernenden angehört. Das hängt damit zusammen, dass sich Joachim schon so viel Verantwortung wie ein fertig ausgebildeter Angestellter zutraut. Oder anders ausgedrückt: Man traut ihm zu, diese Verantwortung übernehmen zu können. Was ja für ihn spricht. Er macht vieles der Arbeit vollkommen selbständig. Dazu kommt, dass er auch im Freizeit- und Hobbybereich überzeugt: Da spielt er nämlich Akkordeon und tritt bei Festen und Familienfeiern in der Umgebung als Unterhalter auf. Wovon ab und zu auch die Regionalzeitung in lobender Weise berichtet. Bei seiner Arbeit tippt er mit leichter, durch sein Akkordeonspiel geübter Hand, lange Zahlenkolonnen sehr schnell in die Additionsmaschine. Sie besteht aus einer Tastatur, die man mit der linken Hand ohne hinzugucken bedienen soll, weil man ja mit rechts meistens schreibt. Beim Eintippen rollt sich an der Rückseite der Maschine ein Papierstreifen ab, auf dem die eingegebenen Zahlen-Kolonnen erscheinen. Das ist besonders dann von Vorteil, wenn beim Nachrechnen unterschiedliche Ergebnisse herauskommen und man den Fehler finden muss. Mit dieser Maschine umzugehen, erfordert schon eine gewisse Geschicklichkeit. Es klingt wie Musik, wenn Joachim seine, mit einem dunkelblauen Siegelring geschmückte Linke auf den Tasten hin und her gleiten lässt. Dieser Lehrling wird mit Glanz und Gloria seinem Status in der letzten Ausbildungsphase voll gerecht. Was er einem erklärt, davon kann man profitieren. Aber leider ist er schon auf einem anderen Level als Willy und ich. Und wohl auch vom eigenen Selbstbild unserem geringeren Status entrückt, so dass es ziemliche Überwindung kostet, ihn was zu fragen.

Wenn wir schon die hierarchischen Strukturen bei den Jüngsten der Mitarbeiterschaft betrachten, so wollen wir nun zu den wichtigeren Personen und ihre Arbeitsbereiche zurückkehren. Herr Hahn, der Geschäftsführer, hat ein Chefzimmer, wie es sich für seinen Status gehört und einen separaten Zugang über eine gemauerte Außentreppe. So kann er kommen und auch wieder gehen, ohne dass wir es im Büro bemerken. Was für ihn einfach, für uns aber oft ein Problem ist. Manchmal sagt Fräulein Makrow: „Könntest du mal zum Chef hochgucken, Bodo und sehen, ob er da ist. Er nimmt sein Telefon schon eine ganze Weile nicht ab."

Manchmal komme ich mir ein bisschen vor, wie der persönliche Butler unseres Geschäftsführers. Bringe ihm auch, wenn er anwesend ist, das Mittagessen balancierend über die Steintreppe hoch. Dann klopfe ich an und auf ein „Herein, wenn's kein Schneider ist", öffne ich die Tür zu seinem Zimmer. Er empfängt mich mit den Worten: „ Ah, schon Mittag. Was gibt es denn heute Schönes?" Auf diese, für ihn äußerst wichtige Frage, antworte ich, wie aus der Pistole geschossen: „ Klößchen mit Salzkartoffeln und Erbsen und Wurzeln, sowie ein Vanillepudding zum Nachtisch, Herr Direktor."

„Ah, gut, stell das Tablett dort hin." Das Gesicht unseres Chefs entspannt sich. Er steckt eine überaus große weiße Stoffserviette in seinen Halsausschnitt. Doch er fängt noch nicht an zu essen. „Was er wohl noch hat?", denke ich. Ich komme mir wirklich wie ein Butler oder Oberkellner vor, der noch auf weitere Wünsche eines wichtigen Gastes wartet. Dann zeigt er auf das rechts vom Teller liegende Besteck. „Das Messer da!", sagt er. „Da, siehst du. Die Schneide liegt nach außen. Wenn ich da nun drauf gefasst hätte. Dann hätte ich mich bös schneiden können. Also leg es richtig hin." Ich folge seiner Anordnung. „Ob er das ernst meint?", arbeitet es in mir. „Wahrscheinlich; er möchte mir etwas beibringen.Manieren oder Ähnliches. Aber vielleicht auch ein bisschen seine Macht demonstrieren. Na, mit der Ausbildung zum Industriekaufmann hat das nicht viel zu tun, wie so manches nicht in diesem Betrieb. Aber da muss man wohl als Lehrling durch", denke ich. „Guten Appetit, Herr Direktor." Er sagt nichts mehr, sondern zerschneidet konzentriert seine Fleischklößchen. Dann bin ich wohl entlassen.

Ich gehe zurück in den Keller zu den anderen Angestellten, die schon mit dem Essen fast fertig sind. Hole mir nun auch meine Mittagsportion aus der Abseite, wo die noch warmen Behälter der Großküche stehen und gehe auf meinen Platz, um es mir schmecken zu lassen. Bald darauf klingelt das Telefon mit hektischen kurzen Tönen. Zeichen für den hausinternen Telefonverkehr. „Bodo, der Chef ist mit dem Essen fertig. Du sollst das Geschirr abholen", tönt die Stimme Fräulein Makrows durch den Flur.

Ich mache mich also wieder über die Außentreppe auf den Weg nach oben. Herr Hahn sitzt noch wie angeschraubt hinter seinem leeren Teller. Wie sauber er den leer geputzt hat, stelle ich etwas verwundert fest, und bekomme gleich ein schlechtes Gewissen, weil ich meine Teller häufig mit Fett und Speiseresten in die Abwaschwanne stelle. Aber sein penibler Zwang soll mir recht sein, Das schmutzige Geschirr muss ich sowieso mit Willys Unterstützung selbst abwaschen. Nachdem ich den Teller des Chefs fortgenommen habe, ist Platz für die Tageszeitung. Die Kupfer- und Bleinotierungen der Frankfurter Allgemeinen interessieren Direktor Hahn besonders, wegen der Kabelkäufe.

„Da ist eine Fliege", unterbricht der Chef die kurze wohltuende Stille!" Auch ich höre es brummen. Sie arbeitet sich hinter ihm an der Scheibe ab. Das wird sicher noch eine Zeit lang so weiter gehen. Warum sagt er mir das eigentlich? Bald weiß ich warum. „Fang sie!" Ordnet er an. Dann besinnt er sich darauf, dass ich im ersten Lehrjahr noch nicht so viel Erfahrung habe, dass er eine so hohe Erwartung an mich richten kann. „Hast du das schon mal gemacht? Das muss man auch lernen und erstmal können", sagt er überlegen. „Nimm dazu die Zeitung." Ich bin ein wenig mit diesem Sonderauftrag überfordert. Lasse mich aber darauf ein, weil ich ein guter Lehrling sein will. Ich nähere mich also, fast lautlos schleichend der Fensterscheibe und schlage zu. Doch weg ist sie, die freche Fliege und sitzt nun auf dem Tisch. Nachdem sie einen kurzen, aber enttäuschenden Abstecher zum leider sauber geputzten Teller des Chefs gemacht hat. Direktor Hahn lebt auf. „Das musst du anders machen. Pass mal auf." Seine große rechte Hand bildet mit den Fingern einen Halbkreis. „Ruhig", flüstert er. Dann schließt sich blitzschnell seine Faust. Aber nicht ganz. Doch so, dass die Fliege in diesem Hohlraum gefangen ist. Sie gibt einen langen traurigen Brummton von sich. Herr Hahn gibt mir mit dem Kopf ein Zeichen, das Fenster aufzumachen. Zufrieden entlässt er seine Gefangene in die größere weite Welt. Schnell wird das Fenster von ihm wieder geschlossen, als gelte es, sich vor weiteren Bedrohungen von außen zu schützen. „Nun nimm schon das Tablett und geh wieder an deine Arbeit." Ist dann sein Befehl. Als müsse er noch eine Erklärung hinzufügen, fährt er fort: „Man muss manches Praktische im Leben auch beherrschen."

Während Direktor Hahn als Diplom-Ingenieur für den technischen Bereich im E-Werk zuständig ist, verantwortet die Leiterin der Buchhaltung Ilse Makrow den kaufmännischen Ablauf als Hauptansprechpartnerin und Prokuristin. Sie ist eine gewaltige Matrone an der oberen Grenze der mittleren Jahre. Auffallend an ihr sind die Hände, die mir wie Schaufeln vorkommen, die sie beim Gehen an langen Armen hin und her schwenkt. Je nach dem Grad ihrer Aufregung. Ein Ring, mit einer auffallend großen Perle verunstaltet mehr ihre rechte Hand, als dass er sie schmückt. Diese Führungspersönlichkeit wird von den länger dienenden Angestellten, wenn man unter sich ist, nach ihrem Kürzel auf den Briefdurchschlägen „Ilsema" genannt. Was sich sehr nach der Marke einer Büromaschine anhört, die sie ja nicht ist.

Auf der Messlatte der Rangunterschiede nähern wir uns nun dem größeren Einerlei der Angestellten. Hier sind eigentlich alle gleich, so sollte man vermuten. Aber nein. Auch hier gibt es neben den objektiven Kriterien noch die breite Skala der gefühlten Ränge. Sie ergibt sich einmal aus dem Selbstbewusstsein des oder der Betreffenden, zweitens aus den Jahren der Zugehörigkeit zur Firma und drittens aus dem Mundwerk, mit dem man, wenn man geschickt ist, sich sehr viel Kompetenz herbeireden kann. Was natürlich wieder etwas mit dem Selbstbewusstsein zu tun hat. Neben Fräulein Makrow gibt es noch einige Angestellte, die ihr untergeordnet sind. Ein älterer, sehr kompetenter Mitarbeiter, der auch stellvertretender Büroleiter ist, teilt sich mit „Ilsema" das Zimmer und arbeitet schon viele Jahre in der Personalabteilung mit ihr zusammen. Seine Aufgabe besteht unter anderem darin, jeden Monat die Lohntüten für alle Mitarbeiter des E-Werks fertig zu machen. Wir bekommen nämlich unsere Vergütung in einer durchsichtigen Tüte, auf der die Namen in Schönschrift mit Füllfederhalter geschrieben stehen. In ihnen liegt dann, auf Heller und Pfennig abgezählt, unser sauer verdientes Geld und schaut uns verführerisch an.

In der anderen wichtigen Abteilung des E-Werks, die sich speziell mit den Stromkunden beschäftigt, der sogenannten Konsumenten-Abteilung, arbeitet ein kleiner agiler Mann, der immer gern das letzte Wort und das bessere Argument hat, besonders den Kunden gegenüber. Er ist von der häufig anzutreffenden fixen Idee kleinerer Männer infiziert, die glauben, die fehlenden Zentimeter ihrer Körpergröße durch verbale Schlagfertigkeit ausgleichen zu müssen. Ein bemerkenswertes Ereignis mit diesem Herrn ist mir in Erinnerung geblieben: Eines Tages hat er sich einen VW-Käfer angeschafft. Das ist in den 60er Jahren schon etwas Besonderes. Mit Stolz fährt er das fabrikneue rote Auto eines Tages in der Frühstückspause direkt vor den Büroabgang. Wir Mitarbeiter versammeln uns bewundernd um dieses gestaltgewordene Symbol des Wohlstands. Glückwünsche, anteilnehmende Freude und interessierte Nachfragen der Kollegen tun ihm und seinem Drang nach mehr Größe im umfassenden Sinne, gut.

Eine unangenehme Eigenschaft von Herrn Harms besteht allerdings darin, dass er gern zweideutige Witze macht, die ich oft nicht gleich verstehe. Aber an seinem geröteten Gesicht und dem, von Lachkrämpfen stockenden, Erzählfluss merke ich bald, worum es geht. Besonders, wenn Frauen und junge Mädchen in der Nähe sind, kann er seinen Zwang zu solcher eigenwilligen Lustigkeit nicht unterdrücken. Allerdings, wenn Fräulein Makrow allein die weiblichen Elemente in seiner Nähe repräsentiert, kommt er nicht so sehr zum Zuge. Sie lässt ihn durch ihr tiefes Hohoho-Lachen bald spüren, dass sie mit dem erotischen Kitzel nicht ganz auf seiner Wellenlänge liegt. Spaß macht ihm das Witzereißen schon eher bei dem weiblichen Lehrling. Einem etwa 17-jährigen blassen und stillen Mädchen, die wahrscheinlich genau wie ich, nicht sofort alles von dieser Art Witzigkeit mitbekommt. Was Ewald Harms immer mehr zum Erzählen, Ausschmücken und Erklären ermuntert. Ein letztes trockenes Hoho der Prokuristin und das „Nun wollen wir mal wieder" mit Knallen der Tür zu ihrem Büro, lässt die Geräusche des losen Gelächters dann aber doch ziemlich schnell in das sachliche Rattern der Additionsmaschinen übergehen.

Dann sind da noch Herr Holtz und Herr Braun. Der Erstere gehört nicht mehr ganz zur Generation der Jüngeren. Aber er ist durch Aufgeschlossenheit und Interesse an modernen Themen noch nicht allzu weit von uns entfernt. Er trägt eine starke Brille, die ihn auf den ersten Blick unvorteilhaft erscheinen lässt. Doch gewinnt er durch Souveränität und Ausgeglichenheit. Man merkt ihm an, dass die Arbeit hier im E-Werk nur ein Teil seines Lebens ist. Sie lässt ihm noch genug Raum für Privatleben und Hobbys. Das hat er mit Jerry Braun gemeinsam. Der spielt in seiner Freizeit intensiv Theater und ist vielseitig künstlerisch interessiert. Damit hat sich aber die Gemeinsamkeit dieser beiden Charaktere schon erschöpft. Morgens wirkt der Theatermann oft unausgeschlafen und mürrisch und gibt schnippische, einsilbige Antworten. Nach dem Motto: „Ich mache hier meine Arbeit und sonst nichts." Wahrscheinlich hat er bis spät noch Proben gehabt oder einfach nur zu lange mit Freunden gezecht.

In der Frühstückspause schickt mich manchmal eine Sekretärin in den Ort, damit ich für sie was einkaufe. Sie braucht immer mal wieder in Abständen ein bestimmtes Nähgarn oder andere spezielle Kleinigkeiten. Solche Botengänge gehören eigentlich nicht zu meinen Aufgaben. Ich gehe aber davon aus, dass ich mich ziemlich unbeliebt mache, wenn ich sie ablehne. Ich habe nicht das Selbstvertrauen, es auf eine Auseinandersetzung hinsichtlich der Aufgaben ankommen zu lassen, die man von mir als Lehrling verlangen kann. Ich vermute sogar, dass vieles, was ich in meiner Arbeitszeit mache, nicht dazu gehört. Mehrmals in der Woche muss ich mit dem Fahrrad in den Ort. Meistens bringe ich Gelder zur Bank, die wir am Vortag bar eingenommen haben und die über Nacht im Haussafe verwahrt worden sind. Es sind oft höhere Beträge von mehreren 1000 Mark, die ich in einem Lederbeutel hüte. Der wird wiederum in einer älteren Firmenaktentasche am Lenker mit schneller Geschwindigkeit über die Straßen und Radwege des Ortes transportiert. Ein nicht ganz ungefährlicher Botenjob, wie mir heute scheint. Aber ich rase schnell mit dem kleinen Vermögen zur sicheren Sparkasse, bevor irgendein potentieller Dieb auf mich aufmerksam wird.

Ein anderes Aufgabengebiet hat auch weniger mit kaufmännischen Tätigkeiten zu tun. Es ist eher eine Mischung aus Hausmeisterarbeit und Küchendienst. Dazu gehört einmal das Anheizen des Heizungskessels mit Zeitungspapier, Holz und schließlich Koks. Denn die Räume sollen bei Arbeitsbeginn um acht schon gut durchgeheizt sein. Ferner das Kaffeekochen und Teeaufbrühen für die Mitarbeiterinnen und Mitarbeiter. Das dazu benötigte heiße Wasser wird zu Beginn meiner Lehrzeit noch in größeren Töpfen auf den Kochplatten eines E-Herds erhitzt. Später dann benutzen wir dafür einen Wasserkocher. Was schon Erleichterung und ziemlicher Fortschritt bedeutet.

In diesem Zusammenhang kann ich eine unangenehme Geschichte aus den ersten Monaten meiner Lehrzeit zum Besten geben. Sie ereignet sich vor der Inbetriebnahme des Wasserkochers, als man das Kaffee- und Teewasser noch auf dem E-Herd zum Kochen bringen musste.

Ich fülle also zwei mittlere Kochtöpfe bis zum Rand mit Wasser und stelle sie auf die neu aussehenden Kochplatten, die sogar ein ansprechendes Schachbrettmuster haben. Nach einer gewissen Zeit riecht es eigenartig brenzlig. Der Geruch kommt vom Herd. Dort beginnen sich die beiden schönen Platten, hässlich zu verfärben. Sie werden immer bräunlicher. Die Farbe platzt ab, und sie fangen schließlich an zu glühen. Erschrocken stelle ich den Schalter auf null und warte bis sich die Herdplatten wieder abgekühlt haben. „Was habe ich nur gemacht?", denke ich. Es dauert einige Zeit, bis ich begreife, dass die Platten des E-Herds mit dem ansprechenden Muster ja nur der Schutz für die eigentlichen Kochplatten sind. Sie müssen natürlich abgenommen werden.

Die Geschichte ist mir sehr unangenehm. Ich schäme mich, dass ich zugeben muss, dass ich bisher noch nie etwas mit einem Elektroherd zu tun gehabt habe. Auf dem Schiff sowieso nicht. Da kochte Mutter, wenn überhaupt, auf einem Kohlenherd. Im Heim gab es eine Großküche, wo ich mich auch nicht mit dem Warmmachen der Speisen beschäftigen musste. Und wenn ich bei den Pastorsleuten eingeladen bin, bleibt für mich der

Bereich der Küche tabu. Es ist das Reich der Pastorenfrau und ihrer Mutter. Also ich bin ein unbeschriebenes Blatt auf dem Gebiet der Elektroherde. Und das muss ich nun zugeben.

Ich nehme also meinen ganzen Mut zusammen und klopfe an die geschlossene Tür, hinter der meine Bürovorsteherin arbeitet. Fräulein Makrow zeigt glücklicherweise Verständnis für mein Missgeschick. Nun entschuldige ich mich mehrmals mit knallroten Ohren und gelobe, dass solche Fahrlässigkeit nie wieder vorkommen soll. Dann schrubbe ich die durchglühten Schutzplatten sehr lange, bis sie wieder einigermaßen in Ordnung sind. Wenn sie nun auch nicht mehr wie neu aussehen und einige Brandspuren auf dem Schachbrettmuster Zeugnis von meinem Malheur ablegen.

Wie man Kaffee kocht, hat mir die Bürochefin ganz genau erklärt. Ich gebe hier gern diese Anleitung weiter: Die Filtertüten sind zuerst an der Seite zu knicken, bevor sie in den Kaffeefilter eingelegt werden. Dann wird das Kaffeepulver hinein gefüllt. Dazu sind die Bohnen schon im Feinkostgeschäft gemahlen worden. Davon nimmt man pro Tasse einen gehäuften Teelöffel. Damit der Geschmack nachher gut ist, muss man zwei knappe Teelöffel an Kaffeepulver zusätzlich hineinfüllen. Das im Kocher heiß gemachte Wasser wird so in den Filter gegossen, dass man das Kaffeepulver vom Rand auch gut mit hineinspült, und es nicht einfach unbeachtet an den Rändern des Filters kleben bleibt. „Es ist jedenfalls eine Wissenschaft für sich", finde ich.

Dann ist endlich entspannte Frühstückszeit. Wenn die Schreib- und Additionsmaschinen schweigen, holen die Angestellten ihre Brote und Obststückchen aus den Frühstücksbehältnissen von zu Hause. Es wird auf einmal ruhig im Büro. Manche vertiefen sich lesend, je nach politischer Einstellung, in ihre gewohnte Tageszeitung. In unregelmäßigen Abständen klappern Tassen, schaben Teelöffel beim Umrühren oder raschelt ein wenig das Butterbrotpapier. Das Sprechen ist nicht verboten. So avanciert bald die eine oder andere Zeitungsüberschrift zum gemeinsamen Thema und der Tischgenosse oder auch die Tischgenossin verwickeln sich, erst etwas zurückhaltend, aber bald mehr und mehr in ein Kurzgespräch.

Schließlich platzen noch die beiden Stromableser herein. Sie machen ihre Touren mit dem Fahrrad durch die kleinen Gemeinden, die vom E-Werk mit Strom versorgt werden. Und erzählen nun beim Kauen ihrer Brote, was sie auf ihrer Tour erlebt haben. Meistens sind es seltsame Geschichten von den Begegnungen mit der Sorte Menschen, die wir im E-Werk nur die „Konsumenten" nennen. Die beiden Ableser, selbst ältere Herren im Rentenalter, müssen manchmal zum Äußersten greifen, das heißt, sie müssen Stromanschlüsse sperren, wenn Leute ihre Rechnung längere Zeit nicht bezahlt haben. „Welche Dramen sich da abspielen", sagt der Eine und beißt erneut von seinem Brot ab. „Ja, ja", sagt der Andere und blättert die große unhandliche Seite seiner Zeitung um.

Manche Mitarbeiter blicken bei diesen Gesprächen von der eigenen Lektüre auf. Andere haben sie schon zur Seite gelegt und widmen sich noch ein paar Minütchen dem eigenen Gespräch. Irgendwann geht Fräulein Makrow durch die Räume und sagt: „Nun wollen wir mal wieder. Wir haben heut' noch viel zu tun." Kaum hat Sie den Satz beendet, wendet sie sich einem Mitarbeiter zu: „Bringen Sie mir doch mal schnell die Konsumentenlisten des letzten Jahres."

Die Additionsmaschinen beginnen erst etwas unschlüssig, dann aber selbstbewusster zu rattern. Emsigkeit breitet sich wieder aus. Nur der eine oder andere schiebt ganz unauffällig die Manschette etwas höher den Arm hinauf und blickt kurz - wirklich nur ganz kurz - auf das Zifferblatt seiner Armbanduhr, wobei er denkt: „Sieben Stunden noch bis zum Feierabend. Heute will die Zeit ja überhaupt nicht vergehen."

Im ersten Lehrjahr gehört die Registratur zu meinem Arbeitsgebiet. Die abzulegenden Schriftstücke werden in einem Briefkorb gesammelt, den ich jeden Tag zur Bearbeitung leere. Die Korrespondenz wird nach alphabetischer Reihenfolge in Ordnern abgeheftet. Manchmal muss ich schnell ein bestimmtes Schriftstück oder einen ganzen Schriftwechsel für die Geschäftsleitung heraussuchen. Das Interessante für mich an dieser Aufgabe ist das überfliegende Lesen der Briefe, und damit verbunden, das Kennenlernen der Themenbereiche, die im E-Werk zur Bearbeitung anfallen können.

Ein weiteres Arbeitsgebiet ist die Verwaltung der Konsumentenadressen und die Bedienung der Adressiermaschine. Dabei stanze ich die Kundendaten auf eine Metallplatte im Karteikartenformat. Beim Stanzvorgang sitze ich vor der Tastatur der Maschine und tippe, wie ein Schriftsetzer, mit einiger Kraftanstrengung Buchstaben und Ziffern für Name, Adresse und Konsumentennummer ein. Dabei klappert die ganze Anlage gewaltig. Schließlich aber fällt die fertige Metallplatte mit den gestanzten Daten aus der Maschine in einen Kasten. Das alles wird viele Male wiederholt. ich arbeite gern, was man mir wohl auch anmerkt. Einer der älteren Kollegen sagt mir einmal, als ich für seine Begriffe zu schnell mit dem rollenden Bürostuhl zwischen Schreibtisch und Schreibmaschine hin und her wechsele: „Wenn du so weiter machst, hast du bald einen Herzinfarkt." Glücklicherweise habe ich den erst 40 Jahre später bekommen.

Die Pastorenfamilie

Ich begleite meinen Lehrer in Abständen zum Gottesdienst in die Dorfkirche, was ich schon an anderer Stelle angedeutet habe. Dort spielt er seit Jahren die Orgel, und ich darf ihm aus nächster Nähe zuhören und auch mal gelegentlich die Noten für ihn umblättern.

In der Zeit dieser gemeinsamen Kirchgänge wird die dortige Pastorenstelle frei und bleibt länger unbesetzt. Die Amtsbrüder aus der Umgebung machen den Vertretungsdienst. Dadurch lerne ich eine Reihe verschiedener Pastorenpersönlichkeiten kennen, die mehr oder weniger Eindruck auf den 16-Jährigen machen. Aus der Schar der Vertreter gefällt mir ein jüngerer, gut aussehender Geistlicher am besten. Er hat eine sympathische Stimme, und was er sagt, hat Hand und Fuß auch für das praktische Leben. Nicht ganz dazu passt für mich allerdings eine Besonderheit: Er schreitet übertrieben mit seinem Talar zum Altar, ungefähr so, wie ein Königsdarsteller in einem Monumentalfilm aus Hollywood. Auf mich, dem jugendlichen Betrachter, wirkt es zu inszeniert und lebensfern. „Warum kann er nicht ganz normal gehen?" Überlege ich und damit zeigen, dass auch der Gottesdienst zum normalen Leben gehört, wie das, was man täglich so machen muss: das Zähneputzen, zum Beispiel." Darauf fällt mir keine Antwort ein. Meinen Lehrer mag ich nicht danach fragen. Er ist da nicht ernst genug, sondern schnell ironisch. So behalte ich meine Frage für mich. Bald darauf muss gerade dieser Gottesmann seinen Dienst quittieren. Man munkelt hinter vorgehaltener Hand, dass eine Frauengeschichte ihn um sein Amt gebracht hat. Doch weiß man darüber nichts Genaueres. Ich bedauere schon, dass ich nun seine Predigten nicht mehr hören werde. Auf das würdevolle Königsschreiten kann ich allerdings verzichten.

Die anderen Vertretenden habe ich dagegen kaum in Erinnerung behalten. Sicher sind sie aufrechte Leute gewesen, denen anzurechnen ist, dass sie über ein halbes Jahr neben der Arbeit in ihrer eigenen Kirchengemeinde Vertretungsdienst in einer fremden gemacht haben.

Irgendwann ist dann doch ein ernstzunehmender Bewerber für die Mühlenbacher Kirchengemeinde im Gespräch. Ein untersetzter kleinerer Mann mit Nickelbrille und kurzem preußischen Haarschnitt. Bei seiner Vorstellungspredigt zeigt sich auch seine Familie. Frau, Tochter, kleiner Sohn und eine Schwiegermutter. Lehrer Muthesius klärt mich ein wenig über die verwandtschaftlichen Zusammenhänge auf. Er bekommt als Leiter des Kirchenchores eine Menge an Interna zugesteckt. So weiß er auch, wo die Leute zuletzt gelebt haben: Sie kommen aus dem süddeutschen Raum. Aus einem kleinen Ort in der Nähe von Stuttgart. Der Seelsorger ist nicht mehr ganz jung. So um Mitte fünfzig. Ein gestandener Mann also, der dort im Süden äußerst beliebt gewesen ist, wie Muthesius sagt. Er macht einen freundlichen und zugewandten Eindruck und schaut den Leuten offen ins Gesicht. Da er der einzige Kandidat ist und nach Ablauf der Bewerbungsfrist sich keine weiteren mehr melden dürfen, bekommt Ernst Hall die Stelle. Damit haben die Mühlenbacher endlich wieder einen festen Pastor in der Gemeinde.

Ich finde mich in den nächsten Wochen sonntags weiterhin auf der Orgelempore ein. Bevor der Gottesdienst beginnt, lassen der Lehrer und ich gern die Blicke in den Kirchraum schweifen. Wie viele Leute wohl diesmal kommen? Macht sich vielleicht schon bemerkbar, dass ein neuer Pastor seinen Dienst begonnen hat? Scheint aber nicht der Fall zu sein. Nur einige versprengte Gläubige sitzen in den Reihen. In der Regel sind die Gottesdienstbesucher oft nur ein paar Getreue, ältere Frauen und wenige Männer. Mit den versprengten Konfirmanden, die vor ihrer Einsegnung häufiger im Gottesdienst auftauchen sollen, kann man auf Dauer nicht rechnen.

Plötzlich erregt die Ankunft der Pastorenfamilie unsere Aufmerksamkeit. Sie kommt im Gänsemarsch - Frau, Schwiegermutter, Tochter und der jüngere Sohn - und nimmt in der ersten Bankreihe unter der Kanzel Platz. Erst kurz vor Beginn, beim letzten Schlag der Glocken, erscheint der Pastor und setzt sich in die vordere Kirchbank auf der anderen Seite. Bevor er sich niederlässt, verbeugt er sich länger betend. Erst nach diesem Zeremoniell beginnt Lehrer Muthesius mit einem Präludium von Bach. Von nun an habe ich nur noch Augen, für seine auf dem Orgelpedal hin und her huschenden Füße in den polierten Halbschuhen. „Er ist wahrhaftig ein Meister auf der Orgel", denke ich und bin von tiefer Bewunderung erfüllt.

Einmal an einem Sonntagmorgen, als sich wieder die geistliche Familie der ersten Bankreihe nähert, flüstert mir der Lehrer zu: „Bodo, da ist die Pastorentochter." Ja, da schau ich auch hin. Sie trägt einen langen blonden Haarzopf. Ist nicht sehr groß, etwas korpulent und wirkt im Kostüm älter als sie wohl in Wirklichkeit ist. Ihre Frisur macht auf mich Eindruck. Dann spricht der Verführer aus diesem manchmal undurchschaubaren Mann, der einmal mein Lehrer war und nun zum Kuppler wird: „Wäre die nicht eine Frau für dich?", zischt er mir zu. Ich bekomme einen roten Kopf, was aber bei dem Zwielicht auf der Empore nicht so auffällt. „Eine Frau für mich?" Wie kann er das nur von mir denken. „Die ist doch viel zu alt, Herr Muthesius", antworte ich entrüstet. Der Lehrer schweigt. Hat er nicht einen Schalk im Blick?

An einem der folgenden Sonntage werde ich am Ausgang Pastor Hall vorgestellt, der mit Händedruck und freundlichen Worten die Gottesdienstbesucher verabschiedet. „Das ist mein früherer Schüler Bodo Krüger. Er lernt Industriekaufmann und wohnt im Heim und möchte gern in der Jugendarbeit mitmachen." Sicher gebe ich dem Pastor etwas linkisch die Hand und sage schüchtern: „Herr Muthesius hat mir erlaubt, ihm beim Orgelspiel zuzuhören. Ich komme gern zum Gottesdienst." Das ist der erste persönlichere Kontakt.

Beim nächsten Mal lädt mich Pastor Hall zum Mittagessen ein. „Gehen Sie schon mal mit meiner Frau vor, ich komme nach, wenn ich hier fertig bin." Ich folge der Frau Pastor in das angebaute Haus, dem Pastorat. Wir gehen durch mehrere Türen einen kurzen Laubengang entlang. Dann stehen wir vor der Haustür. Ich werde ins Wohnzimmer geführt und nehme auf einem ziemlich abgenutzten Sofa Platz. „Schauen Sie sich doch in der Zwischenzeit schon mal die Zeitschriften an", schlägt die Pastorenfrau vor und ergänzt: „Mein Mann ist sicher auch gleich da."

Die beiden Pastorenkinder gehen ihren eigenen Beschäftigungen nach. Die Tochter hilft Mutter und Großmutter beim Kochen. Stimmengewirr dringt aus der Küche. Die alte Dame hört wohl nicht mehr gut. Ich vertreibe mir die Zeit, indem ich in einem Pastorenjournal herumblättere. Ein paar Satzfetzen aus der Küche bekomme ich mit: „Großie, du musst nicht immerzu den Deckel hochnehmen und in den Topf gucken, dann brau-

chen die Kartoffeln umso länger bis sie gar sind."
Das ist die energische Stimme der Frau Pastor. Die
Tochter stimmt ihrer Mutter mit ebenfalls über-
lauter Stimme zu. Dann kommt der Pastor von der
Kirche. Noch im schwarzen Anzug, aber schon mit
geöffnetem weißen Hemd. Den aufgeknöpften
Stehkragen hat er abgenommen. Sein Gesicht ist
gerötet, wie bei einem, dessen Problem der Blut-
druck ist.

Das Essen kann nun aufgetragen werden. Alle gehen zu ihren Plätzen. „Soll ich wirklich bleiben?",
erkundige ich mich etwas zu bescheiden.
„Natürlich, sie sind doch unser Gast", sagt die Pastorenfrau knapp. Ich werde an die Stelle des ver-
längerten Wohnzimmertisches gelotst, wo ein
hölzerner Serviettenring liegt, auf dem das Wort
„Gast" eingraviert ist. Die Familienmitglieder bleiben hinter ihren Stühlen stehen. „Ach ja, erst einmal muss gebetet werden", schießt es mir durch
den Kopf. Der Pastor spricht laut und feierlich mit
gefalteten Händen: „Segne, Gottvater, diese Spei-
se; uns zur Kraft und dir zum Preise. Amen." Darauf antworten alle einstimmig: „Gesegnete Mahlzeit!" Danach schaben und quietschen die Stühle.
Man setzt sich. Ich ziehe etwas umständlich und
bedachtsam die weiße Stoffserviette aus dem,
wohl von einem Wohltätigkeitsbasar stammenden
Holzring, und lege sie mir auf die Schenkel. Obwohl ich nur eine ältere braune Cordhose trage.
Der Pastor macht es so ähnlich wie mein Chef vom

E-Werk. Er steckt sich umständlich die Serviette in den Kragenrest seines, extra für Geistliche, angefertigten Hemds und lässt sie schützend, wie ein Lätzchen seine füllige Brust bedecken.

Zuerst gibt es Suppe. Die Löffel bewegen sich geräuschvoll im Takt. Dann wird der Hauptgang serviert. Irgendein Schweine-oder Rinderbraten. Dazu in dampfenden Schüsseln Kartoffeln, Gemüse und Soße. Man schätzt neben dem Essen das Gespräch: Über die Gemeinde, die Kirche im Allgemeinen, die Menschen aus dem näheren und ferneren Umfeld. Ich bin still. Die Frau Pastor richtet höflicherweise ab und zu auch das Wort an mich. Auf das ich nur wortkarg und unvollkommen eingehe. Die erste Mahlzeit bei Pastor Hall und seiner Familie ist für mich mehr Stress als alles andere.

Die Tochter Elisabeth bildet zu diesem konventionellen Smalltalk-Tischverhalten ein Gegengewicht. Sie sagt einfach frei heraus, was sie denkt und hat zu allem eine andere Meinung, ohne sich darum zu kümmern, wie sie damit ankommt. Vor ihrem Teller steht eine Galerie der verschiedensten Gewürze: Paprika, Ketschup, Majoran, Maggi und so weiter. Ihr jüngerer Bruder Markus scheint heute wohl alle Argumente aufzuführen, die für die Anschaffung einer Bügelmaschine sprechen. Er umarmt ständig seine Mutter, um sie für seine Idee einzunehmen. ,,Liebe, gute Mutti, traue dich doch endlich zu sagen, dass du eine Bügelmaschine brauchst. Ich würde sie für dich sogar bedienen. Das wäre doch endlich mal eine Anschaffung, die sich wirklich lohnt. Ihr gebt doch wahnsinnig viel Geld für die Heißmangel aus." Dann baut sich der etwa zehnjährige Knirps, eindringlicher appellierend, vor seinem, den Nachtisch genießenden, Vater auf. „Vati, nun sag doch endlich auch mal was dazu. Du tust immer so, als ginge dich das alles nichts an. Und Mutti klagt seit Wochen, dass es so nicht mehr weitergehen kann, und sie sich kaputt arbeitet. Nun sag doch endlich mal was!" Dann läuft Markus blitzschnell an den noch einigermaßen entspannt wirkenden Pastor vorbei, bremst plötzlich ab und rammt seine beiden Kinderfäuste von hinten in die Schulterblätter des Familienvorstands, indem er fast schreiend wiederholt: „Sag doch endlich mal was!" Der überraschte Hausherr kann noch geistesgegenwärtig genug reagieren und seinen Oberkörper abfangen, bevor der auf die Tischplätte mit Tellern und Schüsseln knallt. Was dem Essen und wohl auch dem Geistlichen sicher nicht gut bekommen wäre.

Das ist zu viel. Nun herrscht Empörung. Frau Hall, um die es hier ja eigentlich geht, fühlt sich gezwungen einzugreifen und ihren, in seinem kindlichen Eifer zu weit gegangenen Sohn, zu ermahnen: „Markus, hörst du nun endlich auf! Wie gehst du denn mit Vati um? Was soll unser Gast nur von uns denken?" Nun mischt sich auch die Tochter ein, die bisher recht unbeteiligt diese ganze Auseinandersetzung verfolgt hat: „Wieso, wenn es hier so zugeht. Wollt ihr euch etwa ständig verstellen und den Leuten was vormachen? Im Übrigen finde ich den Vorschlag von Markus richtig, endlich mal eine solche Maschine anzuschaffen. Ich habe auch keine Lust mehr, andauernd mit Mutti den Bollerwagen durch das Dorf zur Heißmangel zu ziehen. Und wenn wir nicht mehr dorthin fahren, dann bügelt sich Mutti mit der Hand kaputt."

Der Pastor und Vater ringt mit sich, ob er vor einem Gast aus der Gemeinde, wie ich es ja bin, sich überhaupt dazu äußern soll. Deshalb beschränkt er seine Entgegnung auf diese, eher die Familie und den Haushalt betreffende Angelegenheit, nur auf das Formale: „Der Junge ist doch verrückt. Ich sage nichts mehr dazu. Es ist unverschämt und blamabel, wie der mit seinen Eltern umgeht." Er bekommt wieder seinen roten Blutdruckkopf. Dann platzt es doch weiter aus ihm heraus: „Und du, Elisabeth, bläst noch ins gleiche Horn wie dein Bruder. Du solltest doch wohl mit sechzehn vernünftiger sein. Nun Schluss, Schluss, Schluss." Danach wird die Tafel aufgehoben. Diesmal ohne Gebet. Pastor Hall schnappt sich die Zeitung und verschwindet Richtung Arbeitszimmer.

Ich weiß nicht, ob ich noch bleiben soll. „Ich muss eigentlich los", sage ich etwas zaghaft. „Sie bleiben doch noch zum Kaffee", sagt die Hausfrau bestimmt. „Das müssen Sie schon, das gehört doch noch dazu." Ich druckse etwas unschlüssig herum und sage dann: „Gut, wenn ich ihnen nicht zur Last falle". „Das tun sie nun wirklich nicht, Herr Krüger." Sie blickt mich freundlich an. „Sie sind so ein höflicher junger Mann. Mein Mann kommt gleich wieder. Dann können Sie sich noch unterhalten, bis wir in der Küche den Abwasch gemacht haben." Bald darauf erscheint Pastor Hall auch schon wieder auf der Bildfläche. „Sie müssen meine Kinder entschuldigen, die können sich nicht benehmen. Besonders die Tochter müsste es ja eigentlich besser wissen. Aber heute gelten Höflichkeit und Autorität ja kaum noch was. Kommen Sie, gleich gibt es Kaffee."

Man nimmt auf dem Sofa und in den Sesseln Platz. Blättert Zeitungen und christliche Ratgeberheftchen durch. Der Fernseher wird angestellt. Frau Hall und ihre Mutter sind noch in der Küche. Beide Kinder und der Pastor sehen zusammen mit mir fern. Es gibt ein wochenschauähnliches Nachmittagsprogramm. Das Fernsehen ist damals noch etwas Besonderes. In der Festhalle im Heim steht zwar auch ein Apparat. Er wird aber ganz selten angestellt. Ich erinnere mich nur an die amerikanischen Familienserien „Lassie" und „Bonanza", die einige Gruppen mal Samstagnachmittag sehen durften. Dann ist der Kaffee fertig. Es gibt dazu selbst gebackenen Kuchen. Danach verabschiede ich mich und gehe die lange Straße hinunter. Dann verschwinde ich im Heim, wo ich in dieser Zeit schon für mich allein ein Zimmer bewohne.

Zu meiner kaufmännischen Ausbildung gehört es, dass ich Schreibmaschine schreiben muss. Deshalb darf ich nach Feierabend der Heimverwaltung die alte Maschine im Büro benutzen. Eines Abends bin ich konzentriert dabei, meine Schreibübungen auf der unmodernen, laut klappernden Tastatur dieses Monstrums zu bewerkstelligen, als das Heimtelefon schrill und eindringlich läutet. Ich zögere erst, ob ich abnehmen soll. Bin ich überhaupt dazu befugt? Doch dann greife ich entschlossen zum Hörer. Telefonieren gehört ja immerhin auch zu meinem zukünftigen Job.

Gekicher dringt aus der Leitung. Es sind Mädchenstimmen. Dann sagt eine: „Hier ist Elisabeth" und kichert und prustet weiter vor Lachen. Nach einigen Momenten von spaßiger Fröhlichkeit, die zu einem ausgeführten Schabernack gehören, fängt sie sich und erzählt, dass ihre Freundin Bärbel und sie mich überraschen wollten. „Das ist Ihnen gelungen", rufe ich erfreut mit einer viel zu lauten Stimme in die Muschel. „Das ist ja ein Zufall, dass Sie mich angetroffen haben." Ich erzähle von meiner Schreibübung auf der alten Maschine und vom Stenokurs, den ich morgen wieder habe. Wir sprechen noch ein paar belanglose Sätze, die für mich aber die wichtigsten der letzten Stunden sind.

Dann höre ich wieder das Kichern der Freundin. „Ich darf nicht einfach mit einem kurzen Gruß auflegen", denke ich. Mir fällt das beiläufig hergesagte Gerede, dass sie vielleicht eine Frau für mich sein könnte, von Lehrer Muthesius ein. „Können wir uns nicht mal treffen?", versuche ich mit etwas gedämpfter Stimme in das Telefon zu sprechen. „Sie wird nein sagen", denke ich. „Irgendeinen Grund vorschieben." Aber es kommt anders. „Ja, das wäre schön", antwortet sie zu meiner Verblüffung. „Holen Sie mich doch Morgenabend um sechs an der Kirchenpforte ab." „Also bis morgen", sage ich. Und mein Herz springt vor Glück.

Am nächsten Abend gehe ich die Dorfstraße hinauf zur Kirche. Punkt sechs kommen mir beide Mädchen entgegen. Die etwas kleinere Elisabeth und eine große Hagere. Das ist wohl Bärbel. Ihre Freundin. Ich bin enttäuscht, dass sie zu zweit sind. Ich hätte mich lieber mit Elisabeth allein getroffen. Wir gehen eine kleine Runde. Streifen dabei den Mühlenbacher Wald mit seinen Tannen und verschnörkelten Wegen und nähern uns wieder Kirche und Pastorat von der anderen Seite. Ich habe mich fast nur mit Elisabeth unterhalten. Bärbel geht die meiste Zeit fast wortlos nebenher. Was sie aber wohl nicht schlimm findet. Ich spreche von meiner Kindheit auf dem Schiff. Von der Elbe, dem Rhein und den Kanälen. Von den Städten: Hamburg, Berlin, Duisburg-Ruhrort. Dann komme ich in der Gegenwart an: Erzähle meiner

Zuhörerin von der Schule, die ich, trotz aller früheren Versäumnisse, gut geschafft habe. Erwähne das erste Lehrjahr beim Elektrizitätswerk und bemerke erfreut, dass es sie interessiert. Das ermutigt mich, weiter zu sprechen. Sie geht mit Nachfragen, Meinungen und Gefühlen auf das, was ich sage ein und erzählt auch vieles, was sie selbst erlebt hat, und was sie beschäftigt. Wie es in Süddeutschland so anders ist als hier im Norden. Dort sei sie in einer kleinen Stadt bei Stuttgart auf dem Gymnasium gewesen. Schade, dass sie wegziehen musste. Freundinnen und Bekannte zurücklassen, die sie aber alle besuchen wollen. Ihr Vater sei wegen Mutti und Großmutti wieder in den Norden gewechselt. Es sei gar nicht so einfach für ihn gewesen, eine neue Stelle zu finden. „Vati ist ja schon dreiundfünfzig", setzt sie hinzu. Sie wolle mit der zehnten Klasse die Schule verlassen. Habe die Nase voll. Möchte was mit Kindern arbeiten. Irgendwo in einem Kindergarten als Erzieherin. Da schlüge ihr Herz.

Bald stehen wir wieder vor der Pforte an der Kirche. Sie reicht mir strahlend ihre Hand. „Es war ein Interessanter kleiner Spaziergang. Vielleicht sehen wir uns ja mal wieder, im Jugendkreis wär' doch schön." Sie fügt noch hinzu, dass dorthin nur wenige, aber sehr nette Leute kommen. Auch ihre Freundin Bärbel sei dabei. „Alles Gute auch für Sie", sage ich und freue mich über den Spaziergang und das Sprechen mit ihr.

Nun gehe ich manchmal abends in Richtung Kirche. Schleiche den Weg an der Seite des Pastorats entlang. Habe Angst, dass mich einer von der Pastorenfamilie entdeckt. Freue mich, wenn Licht in der Küche brennt und träume von einer Freundschaft mit diesem Mädchen. Vielleicht wird sie ja meine Frau und das beiläufig dahingesprochene: „Na, wär die nicht eine Frau für dich?", wäre dann eine Prophezeiung, die sich erfüllt, wenn man nur oft genug daran denkt.

Ich gehe also in den Jugendkreis. Das ist eine Chance, danach noch ein bisschen mit Elisabeth zu reden. Man trifft sich einmal im Monat abends im Gemeindehaus. Außer mir und Elisabeth sind noch ihre Freundin da und ein mir unbekanntes Mädchen mit ihrem Bruder. Alle sitzen wir um einen Tisch herum. Pastor Hall hält eine Andacht, die er von einem Zettel abliest. Was er sagt, hat viel damit zu tun, wie man sich als Christ verhalten soll. Aber auch damit, dass Gott für uns da ist, wie ein Vater, auch wenn wir nicht immer so gehorsam sind, wie wir es sein sollten.

Wie geht es nun weiter mit Elisabeth und mir? An einem schönen Sommertag, an dem ich Berufsschule habe, beschließe ich, sie zum Ludwig-van-Beethoven-Gymnasium zu begleiten. Also warte ich an der Bushaltestelle auf sie. Sie scheint auch nichts dagegen zu haben, und wir fahren miteinander bis zu der Haltestelle, wo wir beide aussteigen müssen. Dann spazieren wir durch das Wäldchen, in dem unsere Schulen liegen: ihr Gymnasium und meine Berufsschule. Bald aber spüre ich, dass ich sie mit meiner Gegenwart etwas überfordere. Das mit meiner Begleitung war keine so gute Idee von mir, zumal es mit ihr nicht vorher abgesprochen war. Ziemlich einsilbig verabschieden wir uns rechtzeitig, bevor ihre Mitschüler uns sehen. Und sie vielleicht unangenehme Fragen und Bemerkungen über sich ergehen lassen muss.

Ein andermal fahren wir zusammen in die Oper. Sie trägt ein festlicheres Kleid aus einem weichen schwarzen Stoff. Ich habe wohl wieder meinen alten dunklen Anzug von Vater an, der nicht kaputt zu kriegen ist. Welche Oper gegeben wird, kann ich nicht mehr sagen. Vielleicht ist es Don Carlos. Aber für mich geht es bei dieser kulturellen Veranstaltung sowieso mehr um das Zusammensein mit dem Mädchen, die wohl bald meine Freundin ist. Während der Vorstellung nehme ich mit Herzklopfen ihre Hand. Sie lässt es geschehen. Diese kleine Geste der Zuneigung bewirkt, dass nun Klarheit zwischen uns herrscht. Ich mag sie. Und sie? „Sie mag mich auch", sage ich mir. „Wie kann sie es sonst geschehen lassen, dass ich ihre Hand nehmen darf?", lege ich mir in meinen Gedanken zurecht.

Nun treffen wir uns häufiger unter klareren Vor-
zeichen: Wir freuen uns, zusammen zu sein. Ich
hole sie zu Spaziergängen ab. Dann gehen wir auf
dem breiten Weg, der kurz hinter der Kirche beginnt und an Kuhweiden und Pferdekoppeln vor-
beiführt. Bald ist nur noch rechts und links Tan-
nenwald. Wir gehen und gehen. Die Zeit vergeht,
wie im Fluge. Irgendwann müssen wir umkehren,
denn der ganze Rundweg würde zu lange dauern.
Aber die Zeit verfliegt und die Sätze formen sich
ganz leicht, wie von selbst. Da ist ein Mensch, bei
dem ich das Gefühl habe, er steht mir nahe, näher
als alle Menschen – auch als Mutter und Vater.
"Ist das die Liebe?", fragt eine leise Stimme in
meinem Inneren. „Ja!", antwortet eine starke und
laute. „Das ist sie. Die Liebe, von der du immer ge-
träumt hast."

Das kleine Zimmer und Abschied

Meine Erzieher und der Heimleiter schätzen mich so ein, dass mich eine Entlassung gleich nach Beendigung der Schulzeit überfordern würde. Darum bemühen sie sich bei der Behörde, den Heimaufenthalt für mich um ein weiteres Jahr zu verlängern. Daraus werden dann schließlich anderthalb Jahre. Diese zugestandene Zeit in der vertrauten Umgebung soll mir den Weg in die Selbständigkeit erleichtern. Bei kleinen Seehunden, den Heulern, spricht man in solchen Fällen von einer behutsamen Auswilderung. Sicher ist dieser Vergleich aus der Tierwelt nicht ganz passend. Aber trotzdem fällt mir dieses Bild von den Seehundbabys ein, die nach einer Zeit in der Obhut der Schutzstation, schließlich wieder langsam an das selbständige Leben im Meer herangeführt werden müssen.

So bekomme ich also im Obergeschoss des Gutshauses ein kleines Zimmer zugewiesen, das ich für mich ganz allein bewohnen darf. Wenn ich dort aus dem Fenster schaue, blicke ich auf einen Teil des Schulhofes und des Marktplatzes, über dessen Kopfsteinpflaster ab und zu mal ein Auto rumpelt. Der Raum ist spartanisch eingerichtet. Was mich nicht stört. Es passen auch nur die notwendigsten Möbel hinein. Bett, Tisch, Stuhl, Kleiderschrank. Damit hat es sich auch schon. Das Miniwaschbecken für ein bisschen Körperpflege ist schon Luxus. Zum Duschen suche ich den Waschraum im Keller auf. Zu dem noch, wie eh und je, die Gruppen der

Zöglinge die steile und dunkle Treppe in Zweier-
formationen runter und rauf wandern; ja eigentlich marschieren. Wenn ich besonders früh dusche, komme ich am wenigsten mit den anderen
Gruppen in Konflikt. Aber vorsichtshalber lege ich
mir doch einen Bademantel zu, damit ich nicht
den Mädchen und ihren Erzieherinnen Anlass zur
Beschwerde biete.

Frühstück und Abendbrot hole ich mir, wie ein
Praktikant, aus der Küche. An Werktagen und am
Sonnabend esse ich mittags im E-Werk. So ist für
mich die Frage nach der Hauptmahlzeit nur für
den Sonntag wichtig. Dann aber bin ich meistens
bei der Pastorenfamilie eingeladen. Allerdings
kann ich das nicht einfach voraussetzen. Muss ja
erst die freundliche Aufforderung dieser Leute
nach dem Gottesdienst abwarten. Es kommt auch
vor, dass ich selbst was anderes für den Nachmittag geplant habe. Manchmal tue ich auch nur so,
als hätte ich was vor, um bei diesen Leuten den
Schein zu wahren und nicht als unerzogen zu gelten. Was dann die ganze Heimerziehung diskredi-
tieren würde. Wenn ich selbst zu schüchtern bin
und mich bei der Verabschiedung am Kirchenaus-
gang an dem Pastor und seiner Familie vorbei-
schleichen will, sagt – mich durchschauend – Elisabeth: „Natürlich bleiben Sie noch zum Essen."
Zu dieser Zeit haben wir uns noch gesiezt. Aber
wir haben sowieso unser Duzen eine ganze Weile
vor Elisabeths Eltern geheim gehalten. Weil wir

die Reaktion von Pastor Hall und seiner Frau fürchteten. Es ist aber gut, dass ich bei Halls essen kann und dadurch in gewisser Weise an ihrem Familienleben teilnehme.

Ich genieße das Alleinsein in meinem kleinen Zimmer; dieser winzigen Klause, in der ich nur lesen und schlafen kann. Und vielleicht noch zwei oder drei Schritte zwischen Tür und Fenster hin- und hergehen. Morgens, bevor ich mit dem Fahrrad zur Arbeit fahre, lese ich noch in Ruhe die christliche Tageslosung und die vorgeschlagenen Bibellesungen aus dem Büchlein von Herrnhut. Denke über diese Bibelworte, Sprüche und Gebete nach und versuche sie auf mein Leben zu beziehen. Ich besitze ja kein Radio und keinen Plattenspieler mit Schallplatten, deshalb steht auch das Lesen stark im Vordergrund meiner Freizeitbeschäftigung. Den Lesestoff leihe ich mir in der Bücherhalle der Kreisstadt aus. Meistens bin ich von Biografien über das Leben berühmter Leuten angetan.

Besonderen Eindruck hat auf mich der Theologe und Arzt Albert Schweitzer gemacht. Dieser Mann war ein gestandener Professor der Theologie an der Universität gewesen, hatte berühmte wissenschaftliche Bücher verfasst. Außerdem war er ein bekannter Organist und Bachkenner. Und dann plötzlich, obwohl er schon sehr viel in seinem Leben erreicht hatte, bekam es eine neue, ganz andere Richtung. Er wurde mit den Leiden der Menschen in Afrika konfrontiert. So entschloss er sich zur praktischen Hilfe, indem er – schon Mitte dreißig – von der Pike auf Medizin studierte. Als Arzt gründete er in Lambarene ein Krankenhaus. Heilte und half Bedürftigen und setzte sich mit allem, was er hatte und konnte für die dort lebenden Menschen ein.

Ich bin von diesem Mann und seiner Lebensgeschichte sehr fasziniert. Mich beschäftigt selbst stark die Frage nach dem Weg, den ich einmal einschlagen werde. Wofür will ich mich entscheiden? Was werde ich lernen und im Leben leisten können? Außerdem bin ich auch für Albert Schweitzer eingenommen, weil er die Orgel so wunderbar spielen konnte. Die Freude, die man an diesem vielseitigen Instrument haben kann, erfahre ich ja auch, wenn ich Lehrer Muthesius auf der Orgelbank mit Händen und Füßen musizieren sehe. „Ja", denke ich. „Das möchtest du alles auch mal können, und trotzdem wie Professor Schweitzer in praktischen Taten für andere Menschen da sein." Und ich träume von einem erfüllten Leben als Theologe und Pastor. Aber wie soll das gehen, wenn man wie ich mit Ach und Krach, Jahre später, gerade noch den Hauptschulabschluss hinbekommen hat? „Da müsste schon ein Wunder geschehen." Ich kenne diese Redewendung aus dem Schlager, den ich als kleiner Junge mit meiner, sicher etwas angetrunkenen Mutter in der Kajüte auf dem Schiff gesungen habe: „Ich weiß, es wird einmal ein Wunder geschehen und dann werden tausend Märchen wahr." Sofort denke ich dann an ein anderes Zitat. Es stammt allerdings nur aus einem Micky-Maus-Heft: „Im Leben passiert mehr, als die Schulweisheit sich träumen lässt." Und ich begründe damit meine Hoffnung, dass nicht alles so bleiben muss, wie es jetzt ist. Also komme ich zum Resultat, dass sich das Leben lohnt.

Wenn ich geahnt hätte, in welche Richtung sich meine Zukunft bewegen sollte, wäre ich sicher verwundert gewesen. Ich hätte mir vielleicht auch eingestanden, dass an dieser Entwicklung manches Wunderbare ist.

Wie dem auch sei. Jedenfalls wird mir in naher Zukunft Pastor Hall an einem der Besuchssonntage beim Kaffeetrinken ein Rundschreiben der Landeskirche zum gründlichen Lesen geben. Dort beabsichtigt man, ein Kolleg mit Internat einzurichten, in dem junge Leute mit Berufsausbildung das Abitur nachholen können. Gedacht ist an eine vierjährige Schulzeit, in der dem Schüler keine Ausbildungskosten entstehen werden. Der Grund für diese Großzügigkeit der Kirche ist ein Mangel an Pastoren, dem mit dieser Bildungseinrichtung Abhilfe geschaffen werden soll. In dem Schreiben werden die Gemeindepastoren aufgefordert, sich Gedanken darüber zu machen, wer dafür aus ihrer Kirchengemeinde in Frage kommt. Die Benannten müssten eine Prüfung ablegen, von der dann die Zulassung zum Kolleg abhängen wird. Pastor Hall wird mir bald darauf im ernsten freundschaftlichen Ton eröffnen, dass er mich für diese Ausbildung vorschlagen möchte.

Aber das ist hier schon alles ein noch unerlaubter Blick in die Zukunft. Im Moment lasse ich erst einmal während meines Alleinseins im kleinen Zimmer die Gedankenwelt von Religion und Philosophie in mir wachsen und größer werden.

Außer Albert Schweitzer schlägt mein Herz noch für eine andere Persönlichkeit, die allerdings nicht nur von mir, sondern von aller Welt verehrt wird. Sie kommt aus einem, mir gänzlich unvertrauten Bereich, nämlich aus der Physik. Eine, wie ich bisher völlig unbedarft dachte, sehr praktische und konkrete Wissenschaft. Ich denke da an das Beispiel vom Apfel, der vom Baum auf die Erde und nicht nach oben in den Himmel fällt. Das uns Lehrer Muthesius mit verschmitztem Gesichtsausdruck demonstriert hat, als er uns mit der Schwerkraft vertraut machen wollte. Die erste Version dieses Versuchs beruht allerdings auf eine Anekdote, die man sich von Isaac Newton erzählt und ist für uns hier nicht relevant. Zumal der Wissenschaftler, den ich bewundere moderner ist und Albert Einstein heißt. Der ist mir über seinen bloßen Namen hinaus etwas ausführlicher in einem kleinen blauen Taschenbuch begegnet, in dem er sein Weltbild in kürzerer Form für einfachere Menschen wie mich erläutert. Er redet von Dingen, die ich mir gar nicht mehr vorstellen kann: von Raum und Zeit und ihre Uneindeutigkeit. Das regt meine Phantasie an, einfach mal so zum Spaß anzunehmen, dass auch bei anderen, für uns normalerweise feststehenden Sachverhalten, die Eindeutigkeit vielleicht nur dem Scheine nach gegeben ist. Eben nur durch die Sicht auf Dinge und Welt aus unserer menschlichen, unvollkommenen Perspektive. Dadurch bekomme ich Raum für meine eigene bescheidene „Theorie", dass nämlich die Welt viel umfassender ist, als wir uns vorstellen können. So lässt dieser gewaltige Denker – vielleicht etwas unfreiwillig - Platz für Gott, der mehr ist, als ich begreifen kann. Arthur Schmieder hat uns auch einiges über den Physiker und Denker Einstein in den Gruppengesprächen nach dem Mittagessen erzählt. Sein Wissen stammt aus amerikanischen Journalen, die in deutscher Übersetzung Wissenschaft und Fortschritt preisen. Was bei mir von Schmieders kurzer Zusammenfassung hängenbleibt, sind die Superlative: „Universalgenie" und „klügster Mann aller Zeiten". „Vor solchem Menschen kann man nur andächtig stehen", verkündet der Erzieher und blickt zur Zimmerdecke empor, bevor er „Mahlzeit" sagt, und wir uns zu unseren profaneren Alltagsgeschäften erheben dürfen.

Ein weiterer Heroe, der die Leute für die Kirche und sich einnimmt, ist der Theologe Helmut Thielicke, Professor an der Universität der großen Stadt. „Er ist ein begnadeter Redner und Prediger", wie meine Bürovorsteherin, mein Erzieher und auch ich sagen. Mich erinnert er ziemlich stark an Heimleiter Grafenberg. Der kann auch sehr gute Reden halten, ist groß und stattlich und hat ebenfalls einen Charakterkopf mit silbergrauem Haarkranz. Aber es gibt etwas ganz Besonderes, was ich an Professor Thielicke mag: Er schätzt die Welt und ist voller Dank, dass er auf diesem Planeten leben darf. Auf der Kanzel der gewaltigen Stadtkirche nimmt der Professor kein Blatt vor dem Mund, wenn er zu den vielen Menschen spricht, die an seinen Lippen hängen. Er erzählt die biblischen Geschichten anschaulich und verständlich. Macht den Leuten aus allen gesellschaftlichen Schichten Mut, das Leben zu bejahen in schweren Zeiten und zu genießen in guten und leichteren. Dabei aber in allem dankbar und offen für Gott zu bleiben.

Pastor Hall hat diesen Theologen während seiner Studienjahre nach dem Krieg an der Tübinger Universität erlebt. er zeigt mir sogar ein Postkartenfoto des hoffnungsvollen jungen Professors. Außer einer Äußerung über dessen Klugheit sagt er allerdings nichts weiter über ihn. Hall ist eben ein Weltverneiner im Gegensatz zu Thielicke, was Elisabeth und ich später auch noch heftig spüren werden.

In religiös interessierten Kreisen erregt auch ein anderer Theologe Aufsehen. Sein Name ist Rudolf Bultmann. Ein Ehepaar, das von meinem Wunsch, eventuell Theologie zu studieren erfahren hat, nimmt mich nach dem Gottesdienst beiseite. Verhalten sagen sie, nachdem sie bei der Verabschiedung meine Hand länger als sonst drücken: „Behalten Sie bitte, bitte ihren Glauben. Hören Sie nicht auf das, was der Professor Bultmann sagt. Die Bibel ist kein Märchenbuch, kein Mythos. Sie ist Gottes Wort und die alleinige Wahrheit." Ich verspreche diesen frommen Leuten, die keinen Gottesdienst in der Mühlenbacher Kirche auslassen, dass ich meine Ohren und vor allem meinen Geist vor den „gefährlichen" Lehren der Entmythologisierung verschließen werde. Hierbei bin ich im Studium ziemlich wortbrüchig geworden.

Eine ganz andere Sache sind meine Geldangelegenheiten. Wenn ich von Geld rede, dann meine ich mein Taschengeld. Es ist wenig, was nach dem Abzug der von mir zu zahlenden Sätze für Unterbringung und Verpflegung noch übrig bleibt. In den ersten Monaten des Wohnens in meinem kleinen Zimmer bin ich gar nicht auf die Idee gekommen, dass ich dafür etwas aus eigener Tasche bezahlen muss. Sicher ist solche Gedankenlosigkeit schon ein starkes Zeichen von Hospitalismus.

Denn ich glaubte, es wird einfach wie in den früheren Jahren so weiterlaufen, dass der Staat alles bezahlt. Dabei vergesse ich, dass ich ja nun monatlich einen gewissen Geldbetrag als Lehrlingsbeihilfe bekomme. Die genauen Zahlen habe ich nicht mehr im Kopf. Ich weiß aber, dass es sehr wenig ist. Am Ende bleiben für mich als Taschengeld nur 20 Mark im Monat. Davon muss ich den Friseur, die Wäscherei, das Bügeln meiner Anzughosen und das eine oder andere Taschenbuch, was ich lesen möchte, noch bezahlen. Außerdem gehe ich auch mal gern ins Kino. In Erinnerung an meine Tante Toni, die ich in dieser Zeit noch gar nicht persönlich kennengelernt habe. Doch Mutter hielt große Stücke von ihrer älteren Schwester. Die soll gesagt haben, dass Kino bildet. So kann ich also reinen Gewissens aus diesem Quell der Bildung trinken; als Bildungsdurstiger sozusagen. Einige Filme, die mich begeistern, haben biblische Themen, wie „Die zehn Gebote" oder „Ben Hur". Beide mit Hollywoodstar Charlton Heston, der für die Rolle des Mose oder Ben Hur prädestiniert zu sein scheint. Wenn ich es mir noch leisten kann, gehe ich auch ins Theater und in die Oper. Sitze dort oft auf billigen Plätzen, wobei diese im Opernhaus Hörplätze heißen und den Vorteil haben, dass man nicht so gut angezogen zu sein braucht.

Nach meiner Erinnerung treffe ich mich in dieser Zeit nur wenige Male mit Elisabeth allein. Es ist für sie schwierig, von zu Hause fortzukommen. Ihre Eltern wollen immer ganz genau wissen, was sie in ihrer Freizeit vorhat und misstrauen ihr von vornherein. Niemals hätten sie geduldet, dass sie sich in der Stadt allein mit mir trifft. So muss sie sich Notlügen einfallen lassen. Wahrscheinlich hat sie gesagt, sie habe sich mit einer Freundin verabredet. Manchmal bezieht sie auch ihre Cousine mit ein, zu der sie ein vertrauensvolles Verhältnis hat. Bei ihr und deren Familie, die offener und freier mit dem Leben umgehen als Elisabeths Eltern, spricht sie sich oft aus, wenn es mit den Verboten zu krass wird. Dann schmiedet man miteinander Pläne, wie man die engen Grenzen, der um ihre Tochter besorgten frommen Leute, umgehen kann. Doch diese Art von strategischem Verhalten mögen wir beide auf Dauer nicht. Denn das könnte dazu führen, dass ich das Vertrauen ihrer Eltern verliere und schließlich nicht mehr eingeladen werde. So reduzieren wir unsere Treffen und Unternehmungen und lassen sie besondere Ereignisse in unserem Leben bleiben. Ich kann dann wenigstens ab und zu sonntags ganz legal in ihrer Nähe sein. Doch hätte ich mich schon sehr gern häufiger und unbeschwerter mit ihr allein verabredet.

Aber vielleicht ist mein Wunsch nach Begegnung bei mir auch stärker ausgeprägt als bei Elisabeth. Und es kündigt sich hier schon eine unterschiedliche Vorstellung davon an, was die zarte Pflanze unserer Freundschaft unter diesen erschwerenden Bedingungen für uns sein kann: Für Elisabeth ein suchendes, langsam wachsendes, allmähliches Sich-näher-kommen. Und für mich ein gewisses, deutliches Bekenntnis zum anderen in Verstehen, Vertrautheit und Zusammengehörigkeit.

Sicher hätte es mich sehr belastet, wenn nicht sogar aus der Bahn geworfen, wenn ich damals in die Zukunft hätte schauen können. Dann nämlich hätte ich gesehen, dass ich bald vier Jahre gar nichts mehr von Elisabeth hören werde. Und auch die Eltern Hall, zu denen ich noch weiterhin Kontakt haben werde – Pastor Hall ist zwei Jahre lang mein Vormund – werden in meiner Gegenwart kein einziges Wort mehr über ihre Tochter verlieren. So wird diese gerade begonnene Beziehung zu einem unerfüllten Hoffnungs- und Sehnsuchtsbild, das mich während der vierjährigen Kollegzeit begleitet. Und doch erhebt sich manchmal in mir eine Stimme wie eine Verheißung: „Wär' das nicht eine Frau für dich?" Und in ungetrösteten und kummervollen Momenten der verloren geglaubten Liebe wird diese kecke Frage des einstigen Lehrers von mir umgeformt zu einer klaren Gewissheit: „Ja, das ist sie. **Das ist meine Frau!**"

Doch das ist erst Zukunft, die man nur ahnungsvoll anklopfen hört. Noch sind die Momente in meinem kleinen Zimmer schön und erfüllt. In mir wächst langsam eine stärkere Beziehung zu Gott.

Ich besuche hin und wieder auch Gottesdienste und religiöse Versammlungen anderer Religionsgemeinschaften. Weiß aber sehr genau, dass ich frei und unabhängig im Denken und Handeln bleiben möchte. Deshalb fühle ich mich im gemeindlichen Leben und Gottesdienst der Landeskirche am besten aufgehoben.

Im Mühlenbacher Wald mache ich oft allein Spaziergänge und denke, fast wie in den Pausen auf dem Schulhof, über mein Leben nach. „Was wird sein, wenn die Zeit hier vorüber ist?", frage ich mich manchmal. „Es wird dort im Lehrlingsheim, wo du dann leben wirst, für dich kein kleines Zimmer mehr geben: Also wird es ein gewisser Rückschritt, der da auf dich zukommt. Du wirst Sehnsucht nach dem eigenen kleinen Reich haben, das du jetzt noch hast."

Als diese Zeit gekommen ist, packe ich meine Sachen. Arthur Schmieder stellt sein Auto für die Fahrt zu meiner neuen Bleibe zur Verfügung. Ein letztes Mal gehe ich durch den alten Gruppenraum. Einige Jungen schauen mich neugierig an. Dann sagt Margret Zweigner: „Du kommst doch bestimmt vorbei, Bodo, wenn du Sorgen hast. „Ja, das mache ich", antworte ich. Denke aber: „Ich will es allein schaffen."

Diesmal steht niemand vor dem Haus wie bei der Ankunft. Arthur Schmieder sagt ein paar Worte über die Beschleunigung seines Wagens. Ich sitze nachdenklich und still neben ihm. Erinnerungen gehen mir durch den Kopf. Da ist die Ruine der alten Wassermühle. Was sagte noch der komische Fahrer damals, als wir ankamen?

„Am Mühlenbach, am Mühlenbach
da raunen Stimmen in der Nacht.
Sie können nun nicht schweigen mehr,
das Leben war doch arg zu schwer."

Und das Auto erreicht die Kreuzung. Es fährt links auf die breite Straße, wo in einiger Entfernung mein neues Zuhause sein wird.

Die Mühle von Mühlenbach

Der Heimatforscher Claus Harro Hatje hat in seinem Buch, „Besondere Stätten" von 1928 die geheimnisvollen Orte dieses Landkreises beschrieben. Er stützt sich darin auf alte Dokumente und Urkunden. Der Verfasser war einst Direktor des Ludwig-van-Beethoven-Gymnasiums in der Kreisstadt gewesen, in dem auch Elisabeth zur Schule geht. Manches Mal erzähle ich ihr auf unseren Spaziergängen von meinem Wunsch, mehr über die alte Wassermühle zu erfahren, die ich von ferne sehe, wenn ich aus dem Fenster in meinem kleinen Zimmer blicke. Sie erinnert sich, dass in der Bibliothek ihrer Schule ein Buch des ehemaligen Schulleiters vorhanden ist und leiht es für mich aus.

Hatje schreibt unter der Überschrift „Die Mühle am Mühlenbach" Folgendes:

„Diese durch Wasserkraft betriebene Mühle ist nicht die einzige in unserer Region. Erbaut wurde sie wohl im ersten Viertel des 17. Jahrhunderts an einem nach damaligen Verhältnissen häufig benutzten Landweg. In der Zeit des Dreißigjährigen Krieges wurde das größere Fachwerkgebäude mit dem Mahlwerk niedergebrannt. Die Müller haben wahrscheinlich schon vorher die Mühle verlassen und sich den Söldnerheeren angeschlossen. Denn es gab schlimme Zeiten von Hungersnot, wo die strapazierten Felder das Korn, das die Leute für ihr tägliches Brot brauchten, nicht mehr hervorbringen konnten.

Da kam eines Tages ein Wanderer in die Gegend der Gehöfte vom heutigen Mühlenbach. Er sah in seinen abgetragenen, dunklen Kleidern und mit seinem groben Gesicht, wie ein schon länger herumstrolchender Landsknecht aus. Das Seltsame aber war, dass dieser Mann einen eigenartigen Geruch verbreitete. Die Leute, die ihm begegneten, brachten das mit seiner ungewaschenen Kleidung in Verbindung. Sie kamen zu dem Schluss, es wäre der Pulvergestank aus den Schlachten, der sich in seinen Kleidungsstücken festgesetzt hatte.

Dieser Fremde sprach bei den einflussreicheren Bauern des Fleckens vor, mit der Bitte, die Mühlenruine erwerben zu dürfen. Er versprach den sich zuerst Wundernden, die Mühle wieder vollkommen instand zu setzen und darüber hinaus noch manches andere an Wohltätigkeiten für die Leute in den umliegenden Gehöften zu tun. So zahlte er eine stattliche Summe für das verfallene Gemäuer. Außerdem schien er über gute Beziehungen zu verfügen, geeignetes Material für den zügigen Wiederaufbau der Mühle zu bekommen. Was sicher nicht leicht war in jenen schweren und kargen Zeiten. Bald standen junge Menschen aus der näheren und ferneren Umgebung bei ihm, der sich Müller Abt nannte, in Lohn und Brot.

Und das Mühlrad drehte sich sauber und das Mahlwerk arbeitete gleichmäßig. Müller Abt hatte mit seinen Gehilfen, von denen er mehr beschäftigte, als er eigentlich brauchte, viel zu tun. In der Tenne des Mühlenhauses standen die Getreideanlieferungen Sack an Sack.

Seltsamerweise sah niemand, wie die Bauern diesen reichen Schatz an Ernteerträgen anlieferten und woher er kam. ‚Das geschieht nachts', sagten die einen. ‚Das hat schon seine Richtigkeit', sagten die anderen. ‚Abt will eben nicht, dass das arme Volk, das sich in dieser Zeit hier herumtreibt, erfährt, wo die fruchtbaren Felder liegen, auf denen noch gutes Getreide steht.' Das leuchtete vielen ein. Der Müller ließ sich das Mehl teuer bezahlen. Er war ein selbstbewusster und rechnender Kaufmann, dieser Mann aus den fernen Landen, den es in unsere Gegend verschlagen hatte. Nun trug er die besten Stoffe und brauchte selbst nicht mehr zu arbeiten, denn er hatte ja eine Vielzahl fleißiger Helfer.

„Wenn Ihr euer Mehl nicht bezahlen könnt, dann bringt mir doch eure Kinder. Die Zeit ist böse und rau. Ich werde sie zu anständigen und fleißigen Leuten erziehen", sagte er. Das große Mühlrad schlug den Takt. Es floss mehr Wasser als früher durch den Bach. Er hatte wohl auch durch seine jungen Leute die engeren Stellen, die weiter weg den Wasserfluss hinderten, beseitigen lassen.

Also verfügte der Müller über viele Arbeitskräfte: Junge Burschen, Waisen und Halbwaisen, die ihre Eltern im Krieg verloren hatten und nun allein oder bei Verwandten in Armut lebten. Auch junge Mädchen aus dem Ort gingen den anderen Frauen in der Küche der Mühle zur Hand, denn manche Münder mussten gestopft werden. So herrschte Monate tagsüber hektische Geschäftigkeit und ruheloses Treiben auf der Mühle. Und die Menschen in den Gehöften hatten schon das Gefühl, dass der grausame Krieg, von dem man immer wieder neue Gräueltaten hörte, ihre Heimat in Zukunft verschonen würde.

Aber seltsam: Trotz der Betriebsamkeit, die am Tag herrschte, war es nachts immer so still, als wäre gar kein Mensch in diesem, im Mondschein schimmernden Gemäuer. Die Wanderer, die vorbei kamen, dachten: ‚Die haben alle am Tag so schwer gearbeitet, dass sie sicher vor Erschöpfung wie tot auf ihren Strohsäcken liegen.' Eine andere Ungereimtheit war, dass die Felder in der Nähe immer noch die Folgen des Krieges und der Zerstörung zeigten und mehr Schlacht- als Kornfeldern glichen.

Und dann kam der Tag, wo es den Leuten wie Schuppen von den Augen fiel. Fritz Ramcke, der so etwas wie ein Bürgermeister unter den Bauern in dieser wirren Zeit war, wollte eine gewisse Menge Mehl zum Brotbacken erwerben, wie es in kleinen abgepackten Säckchen bei Müller Abt zu kaufen war. Doch wie erstaunt war er, als er die Mühle am helllichten Tag ganz verlassen vorfand. Zwar hörte er das Mühlrad nach wie vor unentwegt plätschern, es schien aber kein einziger Mensch in der Mühle und auch nicht auf dem Gelände anwesend zu sein.

Und so war es auch. Die Mühle mit Müller Abt und allen dort beschäftigten jungen Leuten blieb verlassen. Nie wieder wurde einer von ihnen gesehen. In der ersten Zeit war große Ratlosigkeit und Entsetzen unter den Leuten im Dorf und der Umgebung. Einige behaupteten, dass sie schon länger gewusst hätten, dass der seltsame Fremde der Teufel selber gewesen war. ‚Er hat unsere Söhne und Töchter geholt', sagten sie immer wieder verbittert.

Und die Monate und Jahre vergingen. Der große Krieg fraß sich weiter durch die Landstriche und Länder. Die Mühle wurde forthin von allen gemieden und verfiel wieder, wie eh und je. Irgendwann stand auch das Mühlrad still, weil sich Moos und Algenzeug daran festgesetzt hatten. Die Vögel nisteten in den Fensterrahmen und unter dem langsam verfallenden Dach. Sie labten sich an den Körnern, die sie in den Ecken der Räume fanden und die vom Mahlen noch übriggeblieben waren. Die Leute dachten weiter an ihre Kinder und an den nach Schwefel stinkenden Teufel, der sie ihnen geraubt hatte."

Claus Harro Hatje hatte nun einen Absatz gelassen. Danach kommentierte er diese seltsame Geschichte, die er aus verschiedenen Quellen zu einem fortlaufenden Text zusammengefügt hatte.

Er schreibt: „ In der Zeit des Dreißigjährigen Krieges brauchte man viele Menschen für die zahlreichen Söldnerheere. So reisten manche zwielichtige Gestalten in den abgelegenen Landstrichen herum und warben für diese Heere junge Leute an. Mit oft sehr fragwürdigen und zweifelhaften Methoden. So war wohl auch der Müller Abt, der um 1620 in norddeutschen Dörfern sein Unwesen trieb, so ein Anwerber für neue Söldner. In dieser Geschichte von der verfallenen Wassermühle am Mühlenbach ist viel Aberglaube anzutreffen. Da kommt ein Unbekannter, der schon von vornherein an den Teufel erinnert. Erwirbt die Mühlenruine und lässt sie schnell, wie durch Zauberei, wieder mit Hilfe von jungen Männern in Betrieb kommen. Außerdem wirbt er weitere junge Leute für unterschiedlichste Arbeiten an. Lässt sie das Korn mahlen, was er unbemerkt in die Mühle schafft. Nach einiger Zeit, in der auch das Dorf und die näheren Gehöfte von dem vorhandenen Korn und Mühlenbetrieb profitiert haben, ist er wieder verschwunden. So unbemerkt, wie er gekommen war. Als Beute hat er die jungen Leute mitgenommen, um die es ihm wohl hauptsächlich gegangen ist. Von ihrem Verbleib und dem des Verführers berichtet die Überlieferung nichts weiter. Sie bleiben verschwunden. Nur die alte Mühlenruine, die sich bis in unsere Zeit erhalten hat, gibt Zeugnis von dieser Mär."

Ich klappe das Buch zu. In Heimatkunde haben wir diese interessante Geschichte nicht durchgenommen. Da ging es mehr um Deiche, Inseln und Meere. Lehrer Muthesius hat sich stattdessen musische Ziele gesetzt. Frau Grafenberg fand das Thema wohl eher unpassend, zumal der alte Erzählstoff mehrdeutige und unheimliche Seiten des Lebens zur Sprache bringt.

Eine Art Nachwort

Wieso ein Nachwort? Mich leiten zwei Impulse dabei. Erstens eine gewisse Scham, dass ich mit diesem Buch vielleicht Regeln verletze, die besagen, dass man nicht zu viel von sich selbst in der Öffentlichkeit preisgeben darf. Zum anderen, dass man sich fragt, wie es sich mit den vorkommenden Personen in Wirklichkeit verhält.

Zur letzten Frage möchte ich den Leser mit der Information beruhigen, dass die Namen frei erfunden sind. Bis auf den des Verfassers und den Vornamen seiner früheren Frau. Auch Mühlenbach als gewählter Ort hat nichts mit Gemeinden dieses Namens zu tun.

Wenn man nach 60 Jahren sich entschließt, die eigene Geschichte zu erzählen, dann nehmen die Jahre Einfluss auf die Erinnerungen, ihre Auswahl und den Akzent, mit dem man die lange zurückliegenden Ereignisse belegt. Frühere Wahrheit und jetzt Empfundenes vermischen sich. Sie lassen etwas Eigenständiges entstehen. In meinem Fall eine Wirkungsgeschichte meiner Mühlenbacher Zeit.

Damit glaube ich auch die Frage nach der Wirklichkeit berührt zu haben. Personen und Ereignisse aus diesem beschriebenen Lebensabschnitt hinterließen bei mir Spuren. Manche Menschen haben mich sogar geprägt und waren Vorbilder. Andere haben mir ermöglicht zu erkennen, wie ich nicht sein will. Auch dadurch haben sie eine wichtige Bedeutung für mich gehabt auf dem Weg, den ich nach dieser Zeit zu gehen hatte. Ich möchte ihnen allen danken. Gut, dass sie mir bei meinem - nicht ganz freiwilligen - Aufenthalt in dieser Jugendheim-Welt begleitend zur Seite standen.

Der Verfasser